U0097273

中國語言文字研究輯刊

四 編

許 鎞 輝 主編

第13冊

大廣益會玉篇音系研究（下）

楊 素 姿 著

花木蘭文化出版社

國家圖書館出版品預行編目資料

大廣益會玉篇音系研究（下）／楊素姿 著 — 初版 — 新北市：
花木蘭文化出版社，2013〔民 102〕
目 4+154 面；21×29.7 公分
（中國語言文字研究輯刊　四編；第 13 冊）
ISBN：978-986-322-222-4（精裝）
1. 玉篇　2. 研究考訂
802.08　　　　　　　　　　　　　　　　102002767

ISBN-978-986-322-222-4

9 789863 222224

中國語言文字研究輯刊
四　編　　第十三冊　　　　　　ISBN：978-986-322-222-4

大廣益會玉篇音系研究（下）

作　　　者　楊素姿
主　　　編　許錟輝
總 編 輯　杜潔祥
出　　　版　花木蘭文化出版社
發 行 所　花木蘭文化出版社
發 行 人　高小娟
聯絡地址　235 新北市中和區中安街七二號十三樓
　　　　　　電話：02-2923-1455／傳眞：02-2923-1452
網　　　址　http://www.huamulan.tw 信箱 sut81518@gmail.com
印　　　刷　普羅文化出版廣告事業
初　　　版　2013 年 3 月
定　　　價　四編 14 冊（精裝）新台幣 32,000 元

版權所有・請勿翻印

大廣益會玉篇音系研究（下）

楊素姿　著

目次

上　冊

自　序

第一章　緒　論 ……………………………………………………… 1

　第一節　《大廣益會玉篇》成書之相關問題論述 …………… 1

　　一、顧野王《玉篇》 ………………………………………… 1

　　　（一）作者 …………………………………………………… 1

　　　（二）成書動機 ……………………………………………… 2

　　　（三）歷來增損情形及其流傳 …………………………… 4

　　　　1、孫強增字節注本《玉篇》 ………………………… 5

　　　　2、《篆隸萬象名義》 …………………………………… 6

　　　　3、《玉篇零卷》 ………………………………………… 9

　　二、《大廣益會玉篇》 ……………………………………… 11

　　　（一）《大廣益會玉篇》書名及版本皆出於南
　　　　　　宋說 ………………………………………………… 11

　　　（二）《大廣益會玉篇》與孫強本《玉篇》之
　　　　　　關係 ………………………………………………… 13

　　　（三）版本的流傳與比較 ………………………………… 19

　第二節　《大廣益會玉篇》的體例 …………………………… 22

　　一、廣收新字 ………………………………………………… 22

　　二、收字特色 ………………………………………………… 23

　　三、注音的體例及切語的來源 …………………………… 27

第二章　音節表 …………………………………………………… 37

　第一節　陰聲韻 ………………………………………………… 39

一、果攝 ·· 39

二、假攝 ·· 42

三、遇攝 ·· 46

四、蟹攝 ·· 52

五、止攝 ·· 68

六、效攝 ·· 79

七、流攝 ·· 85

第二節　陽聲韻及入聲韻 ························· 90

一、咸攝 ·· 90

二、深攝 ··· 105

三、山攝 ··· 109

四、臻攝 ··· 133

五、梗攝 ··· 144

六、曾攝 ··· 156

七、宕攝 ··· 162

八、江攝 ··· 170

九、通攝 ··· 172

下　冊

第三章　聲類討論 ································· 183

第一節　聲類之系聯 ··························· 183

一、系聯條例 ··· 183

二、聲類系聯 ··· 185

（一）唇音 ··· 185

1、重唇音 ······································ 185

（二）舌音 ··· 187

1、舌頭音 ······································ 187

2、舌上音 ······································ 188

（三）牙音 ··· 189

（四）齒音 ··· 191

1、齒頭音 ······································ 191

2、正齒近齒頭音 ···························· 192

3、正齒近舌上音 ···························· 193

（五）喉音 ··· 194

（六）舌齒音 ······································ 196

第二節　聲類討論及擬音 ·······················197
　一、唇音 ·······································197
　二、舌音 ·······································207
　三、牙音 ·······································209
　四、齒音 ·······································212
　　（一）齒頭音 ·······························212
　　（二）正齒近於齒頭音 ·······················213
　　（三）正齒近舌上音 ·························216
　五、喉音 ·······································219
　六、舌齒音 ·····································223
　　（一）半舌音 ·······························223
　　（二）半齒音 ·······························226

第四章　韻類討論 ·······························229
　第一節　韻類之系聯 ···························229
　　一、系聯條例及說明 ·························229
　　二、韻類系聯 ·······························231
　　　（一）陰聲韻類 ···························231
　　　　1、果攝 ·······························231
　　　　2、假攝 ·······························231
　　　　3、遇攝 ·······························233
　　　　4、蟹攝 ·······························235
　　　　5、止攝 ·······························239
　　　　6、效攝 ·······························244
　　　　7、流攝 ·······························246
　　　（二）陽聲韻類及入聲韻類 ···············247
　　　　1、咸攝 ·······························247
　　　　2、侵攝 ·······························252
　　　　3、山攝 ·······························252
　　　　4、臻攝 ·······························259
　　　　5、梗攝 ·······························263
　　　　6、曾攝 ·······························266
　　　　7、宕攝 ·······························268
　　　　8、江攝 ·······························271
　　　　9、通攝 ·······························271

第二節　韻類討論及擬音 …………………………………… 274
　　一、陰聲韻類 ……………………………………………… 274
　　　　1、果攝 …………………………………………………… 274
　　　　2、假攝 …………………………………………………… 276
　　　　3、遇攝 …………………………………………………… 276
　　　　4、蟹攝 …………………………………………………… 277
　　　　5、止攝 …………………………………………………… 281
　　　　6、效攝 …………………………………………………… 284
　　　　7、流攝 …………………………………………………… 285
　　二、陽聲韻類及入聲韻類 ………………………………… 287
　　　　1、咸攝 …………………………………………………… 287
　　　　2、深攝 …………………………………………………… 290
　　　　3、山攝 …………………………………………………… 291
　　　　4、臻攝 …………………………………………………… 295
　　　　5、梗攝 …………………………………………………… 299
　　　　6、曾攝 …………………………………………………… 304
　　　　7、宕攝 …………………………………………………… 305
　　　　8、江攝 …………………………………………………… 307
　　　　9、通攝 …………………………………………………… 307

第五章　結　論 …………………………………………………… 311
　第一節　今本《玉篇》之音韻系統 …………………………… 311
　　一、〈聲類表〉 ……………………………………………… 312
　　二、〈韻類表〉 ……………………………………………… 312
　第二節　今本《玉篇》之語料性質 …………………………… 314
　第三節　本文之研究價值 ……………………………………… 321

參考引用資料 ……………………………………………………… 325

附　錄 ……………………………………………………………… 333
　圖一：圖書寮本《玉篇》書影 ……………………………… 333
　圖二：澤存堂本《玉篇》書影 ……………………………… 334
　圖三：元刊本《玉篇》書影 ………………………………… 335

第三章 聲類討論

第一節 聲類之系聯

一、系聯條例

　　利用反切系聯法研究《玉篇》的音系之先，本文將進行下列幾項工作：(1)逐字列其音切建立卡片；(2)判取正讀，今本《玉篇》時有一字多切的情形，我們經過比對，發現今本《玉篇》字頭下所列第一個音切，通常是與《名義》（或者說原本《玉篇》）共有之音讀，因此我們認定第一音切為主要音切，並主要據以系聯。(3)建立切語資料庫，本文採用 Access 資料處理系統，依「反切上字相同者，聲必同類；反切下字相同者，韻必同類」的原則加以設計，將卡片上的音切資料逐筆輸入電腦，進行初步的系聯。過程中，儘管輸入資料的工作極為繁重，並且要顧及造字問題，但此一資料庫的完成，既可省卻分卡的步驟，且有利於反切上下字數目之統計，以及檢索上之便利，仍值得嘗試。

　　茲列舉反切上字系聯條例如下：

　　1、依據陳澧系聯《廣韻》反切上字之法，所謂「切語上字與所切之字為雙聲，則切語上字同用者，互用者，遞用者，聲必同類也。如多都宗切，當都郎切，同用都字也。互用者，如當都郎切，都當孤切，都當二字互用也。遞用者，如多都宗切，都當孤切，多字用都字，都字用當字也。」

2、陳澧反切上字補充條例云：「今考《廣韻》一字兩音互注切語，其同一音之兩切語上二字聲必同類，如一『東』：『涷』德紅切又都貢切，一『送』：『涷』多貢切，都貢、多貢同一音，則『都』『多』實同一類也。今於切語上字不系聯而實同類者，據此以定之。」今本《玉篇》存在「一字重切」的情形，這種「一字重切」，又可分為三種情況：

 （1）部首字既見於篇首目錄，又見於正文，故有重切。如卷四第五十毌部，篇首目錄作「九遇切」，正文作「荊遇切」，可知九、荊二字聲當同類。

 （2）一字而分見不同部首，故有重切。這種現象也有學者稱之為「異部重文」，如口部「唃」，「吉弔切，《說文》曰高聲也，一曰大呼也。」吅部「唃」，「古弔切，大呼也、高聲也。」二者形義皆同，可證吉、古二字聲為一類。

 （3）一字有或體而被收錄，故有重切。如阜部隟，「弋龍切，城牆也，或作墉」，土部墉，「余鍾切，牆也」，二者字義相同，可證弋、余聲同類，龍、鍾韻同類。再如革部鞕，「牛更切，堅也，亦作硬」，石部硬，「五更切，堅硬，亦作鞕」，二者字義相同，可知牛、五聲同類。此乃以正字反切與或體反切互證。

這一類形義相同，而分置兩處的情形，與《廣韻》之互注切語者相似，故遇有切語上字以兩兩互用，而不得系聯者，可依陳澧反切上字補充條例定之。

3、然又有兩兩互用，且無互注切語可循之例，本著「聲母在相同條件下，應有同樣的發展情況」之理論，依陳新雄（1994：306）之主張，可由反切上字系聯條例之補充條例，加以系聯。其以陳澧所定切語上下字之補充條例，均有未備，一一為之作補例。所作「切語上字補充條例補例」云：

今考《廣韻》平上去入四聲相承之韻，不但韻相承，韻中字音亦多相承，相承之音，其切語上字聲必同類。如平聲十一模：「都、當孤切」、上聲十姥：「覩，當古切」、去聲十一暮：「妒、當故切」，「都」、「覩」、「妒」為相承之音，其切語上字聲皆同類，故於切語上字因兩兩互用而不能系聯者，可據此定之也。

4、除了據反切系聯定其聲韻類別之外，既有「一字重切」之例以證其合，

亦可依據「一字多音」以證其分。如鬲部「鬵，似林、才心二切，金屬。」可證才、似二類有別。

5、今本《玉篇》之音讀，基本上以反切形式表現，然亦有若干是以「直音」表示。遇該音讀是以直音表示，則於今本《玉篇》資料庫中檢索該表音字之切語，如魚部「鱁」字，音尉，今本《玉篇》「尉」，於貴切。遇該表音字在今本《玉篇》領字不收，首先觀察有否注明爲某字之異體，否則（1）取以原本《玉篇》之音，如虫部蠊，音康，今本《玉篇》領字未收「康」，據原本《玉篇》作苦廊切。（2）當原本《玉篇》無字時，則據《名義》之音，如酉部「醫」字，音醫，今本《玉篇》領字未收「醫」，據《名義》作於其切。（3）當《名義》亦無字時，則取以《切韻》、《王韻》、《唐韻》、《廣韻》、《集韻》等之音切，如阜部「隢」，音遶，今本《玉篇》領字無「遶」，取《廣韻》音作而沼切。

6、凡今本《玉篇》中反切用字有兩讀者，系聯時依其所切諸字爲準，定其歸類。如今本《玉篇》「下」有何雅、何稼二切，以所切皆《廣韻》上聲字，茲取何雅切以爲系聯。

二、聲類系聯

（一）脣　音

1、重脣音

（1）方（幫）類〔註 1〕

△	補	150 卑吉	布	122 本故	卑	47 補支	彼	39 補靡	博	28 布各	北	16 布墨
	碑	15 彼皮	鄙	14 補美	悲	12 筆眉	百	10 補格	筆	8 碑密	兵	6 彼榮
	裨	5 補移	卜	4 布鹿	本	3 補袞	祕	3 悲冀	伯	3 博陌	譜	3 布魯
	邊	3 補眠	波	3 博何	冰	1 卑膺	柏	1 補白	班	1 布還	逼	1 碑棘
	碧	1 彼戟	賓	1 卑民	并	1 卑盈	保	1 補道				
△	必	50 俾吉	俾	25 必弭	畢	8 俾謐	比	5 必以	七	1 必以		
△	方	151 甫芒	甫	119 方禹	府	19 方禹	夫	4 甫俱	非	4 方違	分	3 甫賁
	風	2 甫融	匪	3 甫尾	弗	2 甫勿	市	1 甫勿				

〔註 1〕本文各聲類類目，乃取每類切字最多之反切上字爲之，如「方類」中以「方」所切字最多，故取以爲類目。然又顧及對照之便利性，亦於括號中注明《廣韻》類目，餘者依此類推。

【系聯說明】

「補」系二十八字與「必」系五字，彼此不相系聯。觀上述二系聲母所以不得系聯之故，乃在於畢字之音切，畢字若如《名義》作卑蜜切，《廣韻》作卑吉切，就不形成系聯上的困難了。所幸今本《玉篇》有「一字重切」的情形，可茲互證，如俾，「本作趀」，二字的反切分別作卑吉、比栗，可知卑、比二字爲一類；眅，「與貶同」，二字的反切分別作悲檢、俾檢，可知悲、俾二字爲一類，則「補」「必」二系實爲一類。

「方」系諸字切語亦不與「補」「必」二系系聯，然「趽」，補孟切，今本《玉篇》或作「趌」，方孟切，可知補、方二字聲當同類。則「補」「必」「方」三系實爲一類。

（2）普（滂）類

△ 普	210 丕古	匹	183 普謐	披	6 普皮	怖	5 普布	浦	4 配戶	丕	3 普邳
部	1 普后	娉	1 匹逞	配	1 普對	偏	1 匹研	鋪	1 普胡		
△ 孚	114 撫俱	芳	79 孚方	撫	16 孚武	妨	11 孚方	敷	6 芳于	赴	1 芳付
覆	1 孚六	豐	1 芳馮								

【系聯說明】

「普」系十二字與「孚」系八字切語本不系聯，然今本《玉篇》「狓」，普皮切，亦作「披」，敷羈切，可知普、敷聲當同類。則「普」「孚」二系實爲一類。

（3）扶（並）類

△ 皮	90 被奇	平	23 皮幷	被	6 皮彼	弼	2 皮密	備	1 皮祕		
△ 步	211 蒲故	蒲	204 薄胡	薄	48 蒲各	毗	39 婢時	婢	32 步弭	白	9 步陌
傍	7 蒲當	脾	7 步彌	部	6 傍口	鼻	3 毗至	頻	2 毗賓	裴	2 步回
並	1 毗茗	泊	1 步各	邲	1 蒲必	盆	1 步魂	倍	1 步乃	捕	1 蒲布
避	1 婢致	簿	1 蒲各	旁	1 步郎						
△ 扶	271 防無	房	23 扶方	防	18 扶方	附	9 扶付	縛	8 扶玃	輔	7 扶禹
浮	5 扶尤	伏	3 扶腹	負	2 浮九	逢	1 扶恭				
△ 符	33 父于	父	26 符府	復	1 符六						

【系聯說明】

「皮」系五字與「步」系二十一字，彼此不相系聯。但以今本《玉篇》

笈，「古文皮」，前者步悲切，後者被奇切，可知被、步二字一類；而匹，「又作笲」，切語分別作皮變、蒲變，可知皮、蒲二字一類，則「皮」「步」二系實爲一類。

「扶」以下十字與「符」以下三字，不相系聯，然今本《玉篇》復，「今作復」，切語分別作扶菊、符六，可知扶、符二字同爲一類，則「扶」「符」二系當可系聯爲一類。又「悲」，皮筆切，今本《玉篇》或與「佛」同，佛，扶勿切；督，扶件切，俗作辯，皮免切；「掊」，蒲溝切、捊，步溝切，今本《玉篇》二字本亦作「裒」，扶溝切，凡此皆可知扶、皮聲當同類。據此，則「皮」「蒲」「扶」「符」四系實爲一類。

（4）莫（明）類

莫 515 無各〔註2〕		亡 279 武方	無 53 武于	彌 52 亡支	眉 51 莫飢
武 46 亡禹	靡 19 眉彼	明 9 靡兵	母 4 莫厚〔註3〕		麥 4 莫革
馬 3 莫把	密 3 眉筆	勿 3 無弗	文 3 亡分	茅 3 亡交	暮 2 謨故
陌 2 莫百	冥 2 莫庭	麻 2 莫加	謨 2 莫胡	罔 2 無昉	慕 1 莫故
忙 1 莫郎	米 1 莫禮	孟 1 莫更	盲 1 莫耕	埋 1 莫階	縻 1 靡爲
綿 1 亡鞭	名 1 彌成	尾 1 無匪	微 1 無非	牟 1 亡侯	冒 1 亡到
弭 1 亡尒	墨 1 亡北				

【系聯說明】

「莫」以下諸字正可系聯爲一類。

（二）舌　音

1、舌頭音

（1）丁（端）類

△	丁 286 多庭	多 61 旦何	的 3 丁激	丹 1 多安	旦 1 多爛	典 1 丁殄
	鳥 1 丁了					
△	都 198 當鳥	當 16 都郎	得 14 都勒	德 11 都勒	東 2 德紅	冬 1 都農
	滴 1 都歷	覩 1 都戶				

〔註2〕今本《玉篇》領字無「莫」，然黹部「算」，無各切，「今作莫」，茲取以爲系聯。

〔註3〕今本《玉篇》及《名義》領字皆無「母」，《王一》《王二》作莫厚反，茲取以爲系聯。

【系聯說明】

「丁」系七字與「都」系八字，彼此切語原不相系聯，然今本《玉篇》玉部「玷」，丁簪切，「或作刮」，刮，都忝切；甞部「丁甞」，都冷切，「今作頂」，頂，丁領切，可知丁、都二字音當一類。又口部「對」，多耒切，「今作對」，對，都內切；收部「弄」，多曾切，「籀文登」，登，都稜切，可知多、都二字音當一類。此外，《韻鏡》唐韻一等當都郎切，其相承上聲蕩韻黨作丁朗切，知都、丁二字聲同類。又銑韻四等典丁殄切，其相承平聲先韻顛作都堅切，亦證都、丁二字聲同類，則「丁」「都」二系實為一類。

（2）他（透）類

他	435 吐何	吐	31 他古	託	13 他各	湯	12 他郎	天	10 他前	土	9 他戶
通	4 替東	禿	3 吐木	聽	2 他丁	廳	2 他丁	托	1 他落	剔	1 他狄
替	1 吐麗	兔	1 他故	它	1 託何						

【系聯說明】

「他」以下十三字正可系聯為一類。

（3）徒（定）類

徒	723 達胡	大	176 達賴	達	98 佗割	杜	14 徒古	唐	8 達當	同	6 徒東
佗	3 達何	地	3 題利	特	3 徒得	度	2 唐故	迪	2 徒的	道	2 徒老
題	1 達兮	豆	1 徒鬭	陀	1 大何	荼	1 杜胡	臺	1 徒來	屠	1 達胡
田	1 徒堅										

【系聯說明】

「徒」以下十九字正可系聯為一類。

（4）奴（泥）類

奴	215 乃都	乃	94 奴改	那	5 奴多	年	3 奴顛	泥	1 奴雞	怒	1 奴古

【系聯說明】

「奴」以下六字正可系聯為一類。

2、舌上音

（1）竹（知）類

竹	120 知六	知	103 豬移	陟	61 知直	豬	24 徵居	張	22 陟良	中	9 致隆

徴　8 陟陵　　致　3 陟利　　智　3 知義　　貞　2 知京　　株　2 陟俱　　腊　1 陟於

卓　1 竹角　　壴　1 竹句　　追　1 株佳

【系聯說明】

「竹」以下十五字正可系聯爲一類。

（2）丑（徹）類

丑　250 敕久　　敕　57 丑力　　恥　35 敕理　　抽　2 丑由　　褚　1 丑呂　　癡　1 丑之

【系聯說明】

「丑」以下六字正可系聯爲一類。

（3）直（澄）類

直　208 除力　　除　128 直余　　丈　52 除兩　　雉　21 直理　　池　12 除知　　治　12 除之

馳　11 丈知　　持　7 直之　　儲　7 直於　　宅　5 場格　　仗　2 直亮　　陳　2 除珍

遲　3 除梨　　仲　1 直眾　　紵　1 除柳　　沉　1 直林

【系聯說明】

「直」以下十六字正可系聯爲一類。

（4）女（娘）類

女　181 尼與　　尼　14 奴啓　　狃　2 女久　　紐　1 女久　　柅　1 女几

【系聯說明】

「女」以下五字正可系聯爲一類。

（三）牙　音

（1）古（見）類

△ 居　553 舉魚　　九　67 居有　　几　30 居履　　吉　26 居一　　記　19 居意　　紀　12 居擬

　　舉　11 居與　　假　8 居馬　　羈　7 居猗　　革　6 居核　　飢　4 几夷　　京　3 居英

　　佳　3 革崖　　寄　3 居義　　荊　3 景貞　　金　2 居音　　姜　2 居羊　　庚　2 假衡

　　景　2 箕影　　冀　2 居致　　君　1 居云　　計　1 居詣　　救　1 居又　　箕　1 居宜

　　據　1 居豫　　羇　1 居宜　　巾　1 几銀　　己　1 居喜　　久　1 居柳

△ 俱　21 矩俞　　矩　4 拘羽　　拘　2 矩娛　　嬀　1 矩爲

△ 古　903 公戶　　公　261 古紅　　柯　36 古何　　故　14 古暮　　各　11 柯洛　　姑　11 古胡

　　耕　6 古萌　　加　5 古瑕　　功　4 古同　　圭　3 古畦　　光　3 古黃　　工　3 古紅

結 3 古姪	骨 2 古沒	乖 2 古懷	鉤 2 古侯	干 1 各丹	戈 1 古禾
句 1 古侯	交 1 古肴	江 1 古雙	孤 1 古乎	降 1 古巷	屝 1 古熒
剛 1 古郎	家 1 古牙	桂 1 古惠	格 1 柯頟	規 1 癸支	經 1 古丁
葛 1 功遏	賈 1 公戶	誥 1 古到	鵑 1 公覓	癸 1 古揆	更 1 古猛
皆 1 柯諧	決 1 公穴	甘 1 古藍	雇 1 古護		

【系聯說明】

「居」系以下二十九字與「俱」系以下四字、「古」系以下四十字，切語上字原不相系聯，然今本《玉篇》「喈」字分見於口部及品部，切語一作吉弔切，一作古弔切；「闢」字分見鬥部及門部，切語一作吉了切，一作古了切，可見吉、古聲當同類。又今本《玉篇》木部「榘」，居羽切，「與矩同」，矩，拘羽切，可知居拘聲當一類；耳部「聭」，「說文與媿同」，切語分別作俱位、居位，可知俱、居二字聲同類，再者，《韻鏡》中支韻三等嬀矩為切，其相承去聲寘韻嬀作居偽切，更可證矩、居聲為一類。則「居」、「俱」、「古」三系實為一類。

（2）口（溪）類

△ 丘 177 去留	去 156 羌據	袪 17 丘於	起 11 丘紀	羌 10 去央	曲 4 丘玉
綺 3 袪技	輕 3 起盈	區 3 去娛	欺 2 去其	卻 2 去略	墟 1 去餘
匡 1 去王	器 1 袪記	窺 1 丘垂	豈 1 羌顗	躆 〔註4〕1	
△ 口 361 苦苟	苦 223 枯魯	枯 14 苦胡	空 13 口公	可 9 口我	詰 5 溪吉
客 3 口恪	恪 3 口各	康 〔註5〕3 苦廊		溪 2 口兮	牽 1 口田
揩 1 可皆	孔 1 口董				

【系聯說明】

「丘」系諸字與「口」系諸字，切語原不相系聯，然今本《玉篇》糸部「緙」字兩見，切語分別作口革、輕革，可知口、輕聲當一類；口部「嘳」，苦怪切，「亦作喟」，喟，丘愧切，可知苦、丘聲當同類；門部「閬」，恪浪切，「本亦作伉」，伉，去浪切，可知恪、去聲當一類。則「丘」「口」二系實為一類。

〔註4〕「躆」字，《玉篇》、《切韻》、《廣韻》、《集韻》各本皆無，是以切語闕如，然以所切「跋」字，《廣韻》屬溪母字，又其偏旁从虛，故與「墟」字同列「丘」系之下。

〔註5〕今本《玉篇》領字無「康」，原本《玉篇》收之，作苦廊反，茲取以為系聯。

（3）巨（群）類

巨	284 渠呂	渠	266 強魚	其	56 巨之	奇	42 竭羈	具	18 渠句	求	9 巨留
強	8 巨羊	祇	6 巨支	距	4 渠呂	瞿	4 巨俱	勤	3 渠斤	葵	3 渠追
近	3 其謹	衢	3 近虞	忌	2 渠記	竭	2 巨列	翹	2 祇姚	懼	2 渠句
仇	2 渠牛	局	1 其玉	祁	1 渠夷	虔	1 奇連	撲	1 渠癸	期	1 巨基
群	1 巨云	鉅	1 強語	瓊	1 渠營						

【系聯說明】

「巨」以下二十七字正可系聯為一類。

（4）五（疑）類

△	魚	243 語居	牛	134 魚留	宜	31 魚奇	語	25 魚巨	虞	4 牛俱	娛	3 魚俱
	言	3 魚鞬	彥	2 魚箭	愚	2 魚俱	義	2 魚奇	遇	2 娛句	儀	2 語奇
	牙	1 牛加	危	1 牛為	臥	1 魚過	研	1 午田	御	1 魚據		
△	五	314 吳古	午	76 吳古	吾	15 五都	吳	9 午胡	雅	4 午下	我	2 五可
	俄	1 我多	顏	1 吾姦								

【系聯說明】

「魚」系十七字與「五」系八字，切語原不相系聯。然今本《玉篇》心部「悥」，五故切，乃「悟」之古文，悟，魚故切，知五、魚聲相通；水部浪，「亦作垠」切語分別作牛巾、五巾二切，知五、牛聲相通；山部峞，「今作危」，切語分別作五虧、牛為二切，知五、牛聲相通；革部鞕，「亦作硬」，切語分別作牛更、五更二切，知牛、五聲相通。則「魚」「五」二系實為一類。

（四）齒 音

1、齒頭音

（1）子（精）類

子	660 咨似	祖	26 子古	作	20 子各	則	11 子得	咨	13 子祇	即	10 子弋
茲	7 子支	將	5 子羊	借	3 子亦	資	3 子夷	節	2 子結	積	2 子亦
遵	2 子倫	早	1 子老	災	1 子來	宗	1 子彤	姊	1 將仕	走	1 子后

【系聯說明】

「子」以下十八字正可系聯為一類。

（2）七（清）類

七	262 親吉	且	137 七也	千	76 且由	此	20 七爾	倉	20 且郎	青	12 千丁
次	3 且吏	采	3 且在	親	2 且因	切	1 妻結	妻	1 千分	戚	1 千的
猜	1 千才	雌	1 七移	錯	1 七各	趨	1 且俞	蔥	1 且公	娶	1 七論
蒼	1 七狼										

【系聯說明】

「七」以下十九字正可系聯爲一類。

（3）才（從）類

△ 才	168 在來	在	93 存改	疾	93 才栗	昨	52 才各	慈	30 疾之	自	22 疾利
徂	20 在胡	秦	14 疾津	殂	10 在乎	前	7 在先	字	4 疾恣	祚	4 才故
存	3 在昆	藏	3 慈郎	財	2 在來	賊	2 在則	胙	1 在故	情	1 疾盈
粗	1 在古	絕	1 才悅	靜	1 疾井	牆	1 疾將	憼	1 昨酣	族	1 徂鹿

【系聯說明】

「才」以下二十四字正可系聯爲一類。

（4）思（心）類

思	329 息茲	先	236 思賢	息	130 思力	蘇	76 先胡	桑	38 思郎	相	41 先羊
私	18 息夷	素	16 先故	胥	14 思餘	司	11 胥茲	須	4 思與	斯	3 思移
綏	3 先唯	穌	3 先乎	雖	3 息葵	悉	3 思栗	昔	2 思亦	速	2 思鹿
四	1 思利	西	1 先兮	辛	1 思人	星	1 先丁	孫	1 蘇昆	索	1 先各
宿	1 思六	訴	1 蘇故	詢	1 息遵						

【系聯說明】

「思」以下二十七字正可系聯爲一類。

（5）似（邪）類

似	140 祥里	徐	50 似居	辭	20 似咨	詞	15 似茲	詳	14 似良	夕	10 辭積
寺	8 似吏	祥	8 似羊	囚	7 辭留	辤	4 似咨	祀	3 徐里	敍	2 徐呂
序	1 以呂	松	1 徐容								

【系聯說明】

「似」以下十四字正可系聯爲一類。

2、正齒近齒頭音

（1）側（莊）類

側 113 莊色　壯 36 阻亮　仄 31 壯力　阻 26 壯舉　莊 19 阻陽　俎 13 莊呂
爭 3 俎耕　菹 1 側於　戾 1 壯力

【系聯說明】

「側」以下九字正可系聯爲一類。

（2）楚（初）類

楚 106 初舉　初 104 楚居　叉 29 測加　測 6 楚力　差 1 楚宜　創 1 楚良
策 1 楚革

【系聯說明】

「楚」以下七字正可系聯爲一類。

（3）仕（床）類

仕 115 助理　士 66 事几　助 13 鉏據　事 4 仕廁　鋤 4 仕菹　床 3 仕莊
床 3 仕莊　俟 2 床史　柴 2 仕佳　牀 1 仕良　乍 1 士嫁

【系聯說明】

「仕」以下十一字正可系聯爲一類。

（4）所（疏）類

所 277 師呂　山 67 所姦　色 36 師力　師 10 所飢　疎 7 色魚　史 6 所几
使 5 所里　生 2 所京　嗇 1 使力　疏 1 所居

【系聯說明】

「所」以下十字正可系聯爲一類。

3、正齒近舌上音

（1）之（照）類

之 464 止眙　諸 50 至如　章 31 諸羊　職 24 支力　止 20 之市　支 11 章移
至 11 之異　旨 9 支耳　織 4 之力　祝 3 之六　只 2 之移　朱 2 之瑜
指 2 諸視　脂 2 之伊　煮 2 之與　主 1 之乳　正 1 之盛　州 1 止由
志 1 之吏　炙 1 之夜　者 1 之也　眞 1 之仁　詐 1 之訝　質 1 之逸

【系聯說明】

「之」以下二十四字正可系聯爲一類。

（2）尺（穿）類

尺	112 齒亦	充	49 齒戎	齒	43 昌始	昌	41 尺羊	赤	7 齒亦	叱	5 齒逸
出	1 尺述	蚩	1 尺之	處	1 充與	袾	1 尺朱				

【系聯說明】

「尺」以下十字正可系聯爲一類。

（3）式（審）類

式	132 尸力	舒	71 式諸	尸	59 式脂	始	25 式子	書	14 式余	詩	8 舒之
失	5 舒逸	升	5 舒承	矢	2 尸視	施	2 舒移	水	1 尸癸	弛	1 尸祇
戌	1 舒樹	識	1 詩力	傷	1 舒場	手	1 舒酉				

【系聯說明】

「式」以下十六字正可系聯爲一類。

（4）時（禪）類

時	147 市之	市	138 時止	視	37 時止	是	39 時紙	食	24 是力	上	14 市讓
常	12 市常	殊	9 時朱	神	5 市人	示	4 時至	承	4 署陵	署	3 常恕
石	2 市亦	成	2 市征	侍	1 時至	恃	1 時止	蜀	1 市燭	熟	1 市六
實	1 時質	十	1 是執	嘗	1 市羊						

【系聯說明】

「時」以下二十一字正可系聯爲一類。

（五）喉　音

（1）於（影）類

於	930 央闇	烏	230 於乎	乙	51 於秩	一	23 於逸	伊	16 於脂	猗	14 於宜
紆	12 於于	倚	9 於擬	郁	6 於六	衣	6 於祈	安	3 於寒	阿	3 烏何
央	3 於良	餘	3 與居	屋	2 於鹿	惡	2 於各	哀	2 烏來	杳	1 於鳥
因	1 於人	殃	1 於良	益	1 於亦	姻	1 於人	壹	1 於逸	億	1 於力
縈	1 於營	憶	1 於力								

【系聯說明】

「於」以下二十六字正可系聯爲一類。

（2）呼（曉）類

△	呼	399 火胡	火	148 呼果	荒	8 呼黃	虎	7 呼古	盱	〔註6〕7 火于
	訶	4 呼多	霍	2 呼郭	灰	1 呼回				
△	許	315 虛語	虛	88 許魚	欣	23 虛殷	詡	14 虛甫	香	13 許良	況	12 盱放
	盱	11 虛于	喜	6 欣里	麾	3 許爲	休	3 虛鳩	向	2 許亮	華	2 呼瓜
	羲	2 虛奇	希	1 許衣	忻	1 喜斤	呵	1 許多				

【系聯說明】

「呼」系諸字與「許」系諸字，切語原不相系聯。然比對今本《玉篇》異體字的反切，可以發現不少兩組聲母相通之例。如甘部「譧」，呼兼切，「或作譧」，譧，許兼切，呼、許相通；言部「訶」，許多切，「古文呺」，呺，呼多切，許、呼相通；歹部「殐」，呼穢切，「或作瘶」，瘶，許穢切，呼、許相通；口部「暉」，呼韋切，「或輝字」，輝，許歸切，呼、許相通；匕部匕，呼罵切，「今作化」，化，許罵切，呼、許相通。凡此可證明「許」「呼」二系實爲一類。

（3）胡（匣）類

胡	796 護徒	戶	228 胡古	乎	128 戶枯	下	95 何雅	何	71 胡可	諧	11 胡階
侯	5 胡鉤	後	7 胡苟	遐	5 乎家	穴	3 胡決	玄	3 胡淵	駭	3 胡駭
紅	3 胡公	賀	2 何佐	護	2 胡故	黃	2 胡光	行	1 下庚	和	1 胡戈
或	1 胡國	杭	1 胡剛	河	1 戶柯	奚	1 下雞	痕	1 戶恩	閑	1 駭山
含	1 戶耽	合	1 胡荅	督	1 胡亭	矣	1 諧几				

【系聯說明】

「胡」以下二十八字正可系聯爲一類。

（4）于（爲）類

于	167 禹俱	爲	57 于嬀	禹	53 于矩	有	23 于久	羽	15 于詡	王	13 禹方
尤	10 于留	韋	6 于非	云	4 君	又	3 有救	尹	3 于準	右	3 于救
宇	3 于甫	雨	3 于矩	永	1 于丙	位	1 于僞	榮	1 爲明	許	1 于禁
往	1 禹倣										

〔註6〕今本《玉篇》領字無「盱」，然交部夊字下云：「火于切，古盱字」，元本《玉篇》於夊字下則作「古盱字」。按：當以元本爲是，據今本《玉篇》目部盱字作公旦切，則與火于切音相去甚遠，盱當盱之形訛，且《名義》盱作休俱反。茲取火于切以爲系聯。

【系聯說明】

「于」以下十九字正可系聯爲一類。

（5）余（喻）類

余 307 弋諸	弋 181 夷力	以 120 余止	與 106 余舉	餘 84 與居	羊 65 余章
俞 31 弋朱	翼 14 余力	夷 9 弋脂	庾 9 俞主	營 8 弋瓊	亦 8 以石
唯 7 俞誰	惟 7 弋佳	移 5 余支	欲 5 余燭	由 4 弋州	
翌 3 餘識〔註7〕		役 3 營隻	盈 2 余成	悅 2 余拙	瑜 2 弋朱
藥 2 與灼	允 1 惟蠢	昱 1 由鞠	異 1 餘志	愈 1 余主	楊 1 余章

【系聯說明】

「余」以下二十八字正可系聯爲一類。

（六）舌齒音

1、半舌音

（1）力（來）類

力 1297 呂職	郎 48 力當	盧 46 力胡	呂 43 良渚	來 41 力該	魯 35 力古
落 23 郎閤	良 17 力張	洛 13 力各	旅 11 力與	閭 10 旅居	理 7 力紀
里 7 力擬	六 4 力竹	勒 4 理得	令 3 力政	陵 3 力升	律 2 力出
略 2 力灼	离 2 力支〔註8〕		路 2 呂故	縷 2 力主	吝 1 力進
朗 1 力儻	梁 1 力張	梨 1 力之	鄰 1 力臣	歷 1 郎的	離 1 力知

【系聯說明】

「力」以下二十九字正可系聯爲一類。

2、半齒音

（1）如（日）類

如 181 仁舒	而 124 人之	人 26 而眞	汝 26 如與	仁 18 而眞	耳 4 如始
爾 3 如紙	儒 3 如俱	乳 2 如庾	日 2 如逸	仍 1 如陵	尒 1 而紙
柔 1 如周	讓 1 如向				

〔註7〕今本《玉篇》領字無「翌」，《名義》作餘識反，茲據以系聯。

〔註8〕瓜部「离」字丑支、力支二切。觀今本《玉篇》「离」字所切激，离冉切、屘，离與切，均屬《廣韻》來母字，茲取力支切以爲系聯。

【系聯說明】

「如」以下十四字正可系聯爲一類。

第二節　聲類討論及擬音

以上依據今本《玉篇》之切語上字系聯，共得三十六類如下：

唇音	重唇音	方（幫）/普（滂）/扶（並）/莫（明）
舌音	舌頭音	丁（端）/他（透）/徒（定）/奴（泥）
	舌上音	竹（知）/丑（徹）/直（澄）/女（娘）
牙音		古（見）/口（溪）/巨（群）/五（疑）
齒音	齒頭音	子（精）/七（清）/才（從）/思（心）/似（邪）
	正齒近齒頭音	側（莊）/楚（初）/仕（床）/所（疏）
	正齒近舌上音	之（照）/尺（穿）/式（審）/時（禪）
喉音		於（影）/呼（曉）/胡（匣）/于（爲）/余（喻）
舌齒音	半舌音	力（來）
	半齒音	如（日）

此三十六聲類依其實際切字狀況，仍有進一步討論的需要，並且有助於聲值之擬測，茲討論如下。

一、唇　音

今本《玉篇》唇音是否分爲兩類，單從切語上字的系聯來看，除了《廣韻》中的明微二母有混亂的情形之外，其他各母輕重唇的分別頗爲清楚。再者，我們曾比對過今本《玉篇》與《名義》二書共有字的切語，發現當中切語用字一致，或者用字不一，但聲韻無異的比例，高達了百分之七十左右，其餘百分之三十的差異則表示今本《玉篇》的切語在有所承襲之餘，也有意識地修改了這些切語。這些切語其實也正可以幫助我們進一步瞭解語音演變的趨勢。針對其中的唇音反切，我們看到了今本《玉篇》修改了許多《名義》中非系三等合口字，卻以重唇音作爲反切上字的切語，如唇音 A-1 所示。〔註9〕

〔註 9〕表中所舉例只限於聲調相同者。

唇音 A-1：今本《玉篇》與《名義》唇音切語對照表 〔註10〕

領字	《名義》	聲·韻	今本《玉篇》	聲·韻	領字	《名義》	聲·韻	今本《玉篇》	聲·韻
轟	甫洛	非·鐸	補洛	幫·鐸	辯	頻褊	非·獮	畢沔	幫·獮
憋	芳烈	非·薛	裨列	幫·薛	譜	甫魯	非·姥	布魯	幫·姥
婢	方迷	非·齊	必兮	幫·齊	螃	方莽	非·蕩	北朗	幫·蕩
僻	孚赤	敷·昔	匹亦	滂·昔	僄	芳妙	敷·笑	匹妙	滂·笑
媥	孚便	敷·仙	匹連	滂·仙	瞥	孚烈	敷·薛	匹烈	滂·薛
聦	孚照	敷·笑	匹妙	滂·笑	膹	扶四	奉·至	匹備	滂·至
勡	孚照	敷·笑	匹照	滂·笑	怦	孚耕	敷·耕	普耕	滂·耕
瘰	孚類	敷·至	匹備	滂·至	擗	孚亦	敷·昔	匹亦	滂·昔
嗚	芳謐	敷·質	普謐	滂·質	踣	孚豆	敷·候	匹豆	滂·候
鬢	孚紹	敷·小	平紹	並·小	鳻	房及	奉·緝	皮及	並·緝
蚍	扶結	奉·屑	步結	並·屑	墓	武故	微·暮	莫故	明·暮
郍	亡丁	微·青	莫丁	明·青	嫼	妄勒	微·德	莫勒	明·德
妙	妄照	微·姥	彌照	明·笑	姒	亡江	微·江	莫江	明·江
媽	妄亡	微·笑	莫補	明·姥	顠	妄謂	微·隊	莫佩	明·隊
顤	無堅	微·仙	彌仙	明·仙	頴	亡丁	微·青	莫丁	明·青
面	亡戰	微·線	彌箭	明·線	臱	妄然	微·仙	彌然	微·仙
瞞	妄安	微·寒	眉安	微·寒	眊	妄角	微·覺	莫角	明·覺
瞑	亡田	微·先	眉田	明·先	曖	妄結	微·屑	莫結	明·屑
眄	妄見	微·霰	莫見	明·霰	眳	亡頂	微·迥	彌頂	明·迥
䀧	亡巾	微·眞	莫彬	明·眞	眲	亡幸	微·耿	眉冷	明·耿
瞵	妄悲	微·脂	莫悲	明·脂	窨	亡力	微·職	眉力	明·職
瞥	亡北	微·德	莫北	明·德	覞	亡丁	微·青	莫丁	明·青
瞳	妄悲	微·脂	莫悲	明·脂	䚾	妄到	微·號	莫到	明·號
覛	亡結	微·屑	莫結	明·屑	覓	亡狄	微·錫	莫狄	明·錫
莫	亡結	微·屑	莫結	明·屑	瞢	亡登	微·登	莫登	明·登
蔑	亡結	微·屑	莫結	明·屑	瞑	亡田	微·先	莫田	明·先
膜	亡各	微·鐸	莫杏	明·鐸	模	亡故	微·暮	莫固	明·暮
懱	武結	微·屑	莫結	明·屑	愵	亡井	微·靜	莫井	明·靜
忞	武巾	微·眞	莫巾	明·眞	宀	亡仙	微·仙	莫仙	明·仙
瘼	亡詐	微·禡	莫怕	明·禡	蘇	亡溫	微·魂	莫溫	明·魂
蕍	亡豆	微·候	莫候	明·候	㟃	無黨	微·蕩	莫朗	明·蕩
崛	亡質	微·質	彌必	明·質	鐯	亡亘	微·嶝	莫鄧	明·嶝
澎	亡江	微·江	莫江	明·江	霾	武階	微·皆	莫乖	明·皆

〔註10〕 本文聲類之標目，採各類中切字最多者以爲類目，乃是爲了呈顯今本《玉篇》實際的切字情況，與《廣韻》有所不同。然討論過程中，有所取與《切韻》《廣韻》等韻書進行比對時，則仍《廣韻》之目，則是圖其便於說明，韻類部分之討論同此。

眛	武蓋	微·泰	莫蓋	明·泰	陌	武佰	微·陌	莫百	明·陌
覭	亡狄	微·錫	莫狄	明·錫	髦	亡勞	微·豪	莫袍	明·豪
閩	亡貧	微·眞	冒貧	明·眞					

表中顯示今本《玉篇》所更改《名義》中無輕唇化十韻的唇音切語，所分佈之韻目情形如下：

非→幫：齊（平聲）獮、姥、蕩（上聲）鐸薛（入聲）

敷→滂：仙、耕（平聲）小（上聲）笑、至、候（去聲）昔、薛、緝、質（入聲）

奉→奉：小（上聲）、緝、屑（入聲）

微→明：青、仙、寒、江、先、眞、脂、魂、登、皆、豪（平聲）姥、迥、耿、靜、蕩（上聲）笑、隊、線、霰、暮、號、禡、候、嶝、泰（去聲）覺、屑、職、德、鐸、質、陌、錫（入聲）

或者是屬輕唇化十韻之字，《名義》卻以重唇字切之的例子，如唇音 A-2 所示。〔註11〕

唇音 A-2：今本《玉篇》與《名義》唇音切語對照表

領字	《名義》	聲·韻	今本《玉篇》	聲·韻	領字	《名義》	聲·韻	今本《玉篇》	聲·韻
医	補吳	幫·虞	方娛	非·虞	仆	普庶	滂·遇	芳遇	敷·遇
碍	包禹	幫·麌	方宇	非·麌	卧	匹付	滂·遇	芳付	敷·遇
䴸	匹非	滂·微	芳微	敷·微	蚼	匹于	滂·虞	芳于	敷·虞
苦	匹扶	滂·虞	芳扶	敷·虞	聞	莫云	明·文	武云	微·文
韋	菩遠	並·阮	扶遠	奉·阮	問	莫奮	明·問	亡糞	微·問
吻	莫粉	明·吻	武粉	微·吻	挽	莫遠	明·阮	亡遠	微·阮
㲿	莫云	明·文	亡云	微·文	務	莫句	明·遇	亡句	微·遇
嶝	莫句	明·遇	亡遇	微·遇	憮	莫禹	明·麌	無斧	微·麌
慔	莫主	明·麌	亡主	微·麌	微	莫非	明·微	無非	微·微
謹	莫放	明·漾	勿放	微·漾	舞	莫禹	明·麌	亡禹	微·麌
妥	明范	明·范	亡范	微·范	宋	莫當	明·陽	武方	微·陽
尾	謨鬼	明·尾	無匪	微·尾	溦	莫非	明·微	亡非	微·微
薇	莫飛	明·微	無非	微·微	焉	莫軍	明·文	亡云	微·文
汶	莫運	明·問	亡運	微·微	颭	莫云	明·文	亡云	微·文
物	莫屈	明·物	亡屈	微·物					

〔註11〕表中所舉例只限於聲調相同者。

表中顯示今本《玉篇》所更改屬輕唇化十韻之字,《名義》卻以重唇字切之的例子,其韻目分佈如下:

幫→非:虞(平聲)麌(上聲)

滂→敷:微、虞(平聲)

並→奉:無例

明→微:文、微、陽(平聲)麌、阮、尾(上聲)遇、漾、范(去聲)物(入聲)

不過,聲韻之分類,除了依陳澧反切系聯條例觀察之外,個別切語的混用或分用,也能提供不同的觀察角度,並且二者並用始能提供一個真正客觀的分類結果。前人從《切韻》切語的觀察與歸納,早就得到會發生輕唇化現象的,只出現在東(三等)、鍾、尤、微、虞、陽、廢、凡、文、元等十個三等韻的結論。但是我們從今本《玉篇》所得到的結果卻與此說不甚一致,因為今本《玉篇》除了在上述十韻中有輕唇音之外,於許多無輕唇化的韻目中亦然。〔註12〕以下我們表列所謂無發生輕唇化現象的韻目(舉平以賅上去入),並逐一透過本文第二章編就的音節表,檢示今本《玉篇》的情況,打○者表有輕重唇混切的情況,打×者表示沒有。

唇音 B-1:今本《玉篇》輕重唇混切韻表(一等、二等、純四等韻)

韻　目	東一	冬	覃	模	痕	魂	歌	戈	泰	寒	桓
輕重唇混切現象	○	×	×	○	×	○	×	×	×	○	○
韻　目	哈	灰	豪	唐	侯	談	登	麻	銜	咸	皆
輕重唇混切現象	○	○	○	○	×	×	×	○	×	×	×
韻　目	佳	刪	山	江	肴	庚二	耕	添	齊	青	先
輕重唇混切現象	○	○	○	○	○	○	×	○	○	○	○
韻　目	蕭										
輕重唇混切現象	×										

〔註12〕這些例子實則同於後代所謂「類隔」。然由於本文認為今本《玉篇》輕重唇尚未分化成二類,故不輕易用「類隔」一詞表之。

唇音 B-2：今本《玉篇》輕重唇混切韻表（無輕唇化三等韻）

韻　目	支 A	支 B	脂	脂	祭	真	真	諄	仙	仙	宵
輕重唇混切現象	○	○	○	○	○	○	×	×	○	×	○

韻　目	宵	庚三	清	蒸	幽	侵	鹽	鹽	魚		
輕重唇混切現象	○	×	○	○	○	×	○	○	×		

　　由以上兩個表看來，我們可以發現不少理論上認為無輕唇化的韻，在此都產生了輕唇的音切，照後來輕重唇已分化的韻書如《廣韻》、《集韻》，尤其是《集韻》來看，其實都是輕重唇混切的現象。這種現象除了發生在無輕唇化的三等韻之外，還發生在一等韻，如模、魂；發生在二等韻，如江、肴；發生在純四等韻，如齊、青、先；有發生在開口的，如唐韻開口有，合口反而沒有。這些都違反了向來認定的輕唇化條件——合口三等，據此可大致推測出今本《玉篇》的音系裡，輕唇音尚未從重唇音分化出來，這是本文主張今本《玉篇》輕重唇音尚未分化的第一點理由。不過，我們從表 A-1 及表 A-2，也看到了今本《玉篇》對於《名義》切語，進行了某些系統性的修改，輕重唇分組的趨勢，較《名義》來得更為明顯。

　　再進一步統計今本《玉篇》所有輕重唇切語輕重互切的比率，並與周祖庠《原本《玉篇》零卷音韻》（1995）中的統計結果並列觀察，我們得到下表：

唇音 C-1：今本《玉篇》與原本《玉篇》輕重唇混切比對照表

	今本《玉篇》			原本《玉篇》		
	以重切輕	以輕切重	輕重互切總比率	以重切輕	以輕切重	輕重互切總比率
幫非	0.6%	23%	8.3%	3.8%	10.9%	8.6%
滂敷	3.9%	15.4%	7.9%	14.3%	19%	17.1%
並奉	0.5%	17.3%	6.9%	5.3%	2.4%	3.3%
明微	2%	56%	26.5%	35.7%	31.9%	32.8%

　　＊以重切輕之比率＝以重切輕字例／全部輕唇字例

　　＊以輕切重之比率＝以輕切重字例／全部重唇字例

　　＊輕重互切總比率＝輕重互切字例／全部輕唇字例＋全部重唇字例

　　由表中的數據，可見今本《玉篇》唇音輕重互切的比率，幫非的比率與原

本《玉篇》相當，而滂敷及明微的混切率，較原本《玉篇》顯得低，但是，並奉卻高於原本《玉篇》。對於原本《玉篇》輕重唇的混切比率，周祖庠原是持肯定態度，但是周氏在後來的大作《篆隸萬象名義研究》（2001），已作了修正，其云：

> 我在拙著《原本玉篇零卷音韻》中，認為原本《玉篇》輕唇音的非、
>
> 敷、奉三母已經分化了，這個結論是不準確的。

這是他在全面整理過《名義》之後，所得到的新體會，因為《名義》中幫非組混切率為 9%、滂敷組 13%、並奉組 7.3%、明微組 27.9%，所以他主張「《名義》音系中，輕唇音並未分化。」事實上，這樣的比率並不與原本《玉篇》有太大的差異，只不過又如作者所云：「統計歸納法實際上只是一種估計法，混切率要達到多少才能算它們同類，多少之下又不能算同類，並沒有明確的標準。」換言之，這是個見仁見智的問題，不過，數據作為一種參考證據，亦無不可。本文透過切語系聯，以及輕重唇字在各韻之間的分佈情況，再加上今本《玉篇》事實上亦存有混切數據的參考，因此認為今本《玉篇》輕重唇並未分化。

此外，今本《玉篇》中各組「以重切輕」的比率，都較「以輕切重」的比率低得許多，〔註13〕再審視全部共約 391 個輕重唇混切例中，有 364 個切語是以開口字作為反切下字，比率高達 93.1%，而且一半以上是屬於「以輕切重」的例子。一般認為，中古發生輕唇化的三等唇音後面會出現一個合口成份，也就是說輕唇化諸韻的唇音會具有合口的性質，但本文這裡所見的情形卻是，連不帶合口成份的開口字，也有為數不少的輕唇字，這應該也是因為輕重唇尚未分化的結果。又表中「類隔切總比率」除了並奉組，大都比原本《玉篇》低，這表示今本《玉篇》的輕重唇分組已較原本《玉篇》略為清楚，這個結果在唇音 A-1，唇音 A-2 兩表也可得到印證。

鄭林嘯（2000：168）利用計算機遇數的方式，得到《名義》輕重唇仍未分化的結論，並且唇音內部輕重唇分化由快到慢依次為：全濁（並/奉）──全清（幫/非）──次清（滂/敷）──次濁（明/微）。分析所得數據之多寡，是否能夠呈現清濁音分化速度之快慢，這當中恐怕存有邏輯上的問題，不過，鄭氏所

〔註13〕這種現象甚至出現在後來的等韻門法中，馮蒸（1992：304）指出等韻門法中的「輕重交互」門，以重唇切輕唇的情況比較罕見，多是以輕唇切重唇字例。

得輕重唇未分之結果，與本文統計今本《玉篇》輕重唇互切的情況大致相同。

周祖謨（1980：306）說：「至於莫類，後日已分爲明微兩母，但自《名義》反切觀之，實爲一類，尙未分化。……今本《玉篇》則皆據後日之音有所改動矣。」並舉了 15 例說明今本《玉篇》據後日音改動音切的情形，如：

吻：《名義》莫粉反；今本《玉篇》武粉切

墓：《名義》武故反；今本《玉篇》莫故切

媽：《名義》亡古反；今本《玉篇》莫補切

周氏並未明言今本《玉篇》明微二母是否分化，但這樣的舉證確實容易讓人以爲，今本《玉篇》明微二母已具有分化的傾向，實則儘管當中有不少以「莫」字作爲重唇字的切語上字，但我們仍不可忽略今本《玉篇》「莫」作無各切的事實。今本《玉篇》「無」，武于切，讀輕唇音，如再進一步檢索當中反切上字作「無」之例，當更可確定「無」字讀爲輕唇音的傾向。檢索所得共 53 例，包括文 1、未 4、吻 1、尾 5、阮 4、物 2、姥 1、陽 4、微 4、漾 3、養 6、夔 6、願 5、獮 1、宵 1、脂 1、鐸 4，韻目後之數字表出現次數，可以發現與之搭配之韻部幾乎全涵括在輕唇化的韻部當中。〔註 14〕如果說今本《玉篇》已能很清楚地以「莫」字切重唇，那麼對於「莫」字本身的切語，或許不致於如此地仍用輕唇字切之。在「莫」字大量地作爲切語上字之際（共出現 515 次），某些字例出現與後代「音和」切語一致的情形，是極有可能的。至於「無」字所切無輕唇化韻部之例，反而也可證明今本《玉篇》輕重唇混切的情況。

本文所見莫母字共 639 例中，以重唇切輕唇的只有 13 例，約僅 2% 的比率，而且這些字大多是屬於東三及尤韻。〔註 15〕《切韻》在輕重唇的分化中，尤韻和東三等（舉平以賅上去入聲）裡的明母字，並不隨幫、滂、並三母變成唇齒音，這是個特殊的現象。王力認爲尤韻三等明母字所以不變成唇齒音的原因，乃在於明母並未隨著其它唇音聲母轉入虞韻，這個說法是基於，他主張唇齒音

〔註 14〕 向來認爲會發生輕唇化的韻部有：東三、鍾、虞、微、凡、元、文、陽、尤、廢等十個韻部之合口。

〔註 15〕 這些例子有：晚，莫遠切（阮）、夢，莫中切（東三）、夢，莫忠切（東三）、目，莫六切（屋三）、苜，莫六切（屋三）、䄧肉，莫六切（屋三）、牧，莫六切（屋三）、跟，密云（文）、胖，莫浮（尤）、�，莫浮切（尤）、懞，莫奉切（腫）、繆，眉鳩切（尤）、謬，靡幼切（幼）、謀，莫浮切（尤）。

的分化條件爲合口三等的理由。不過，邵榮芬（1997：198～199）則指出王力並未顧及東三等的事實，進而舉證說明這個現象，是由於尤韻及東韻三等的明母字轉入一等的關係。如陸德明《經典釋文》、顧野王《玉篇》及《名義》中都存在尤韻或東三明母字變爲一等的例子，尤其《名義》中更是絕大多數都讀成了一等。變入一等後，這些字就失去了前顎介音，致使不發生輕唇化的音變。據本文之觀察，《廣韻》尤韻明母，如牟、眸、侔、矛、麰、戎、鍪、蝥、鶜等，從矛聲或从牟聲諸字，今本《玉篇》均以侯韻切之，可知《廣韻》尤韻明母字，在今本《玉篇》已大部分轉入侯韻。針對尤韻明母轉入一等侯韻這一點，今本《玉篇》是可以和《經典釋文》及原本《玉篇》等相互補充說明。不過，東三轉入東一的情況，今本《玉篇》中較爲罕見，反而與《切韻》系韻書較接近，如目、苜，《切三》、《王一》、《王二》、《唐韻》、《廣韻》均作莫六反；鄸字，《王二》、《廣韻》均作莫中切，這些韻書中也都只留下一個三等的讀法，並無一等字的讀法，今本《玉篇》同之。在此，我們又可看到今本《玉篇》一方面繼承原本《玉篇》，一方面又受到《切韻》等韻書影響的情形。邵氏能利用這些用韻有混用跡象的資料，爲我們點出尤韻及東三韻明母不發生輕唇音變的這一層轉折，可說是不容易的。

周祖庠（1995，141～142）也論及尤韻開口三等輕唇化的問題。他同邵榮芬一樣，對於王力轉入虞韻的說法提出反證辨駁，最後並指出上古之、幽二部的唇音字，在南北朝時期合流爲後來的尤韻之前，輕唇音就已經分化。「以後二者與上古侯部開口三等合流變成中古開（合）口尤韻三等的時候，輕唇音就不再變回成重唇了。」對於此說至少可提出兩個不足之處，第一、這裡只觀照了尤韻的部分，對於東韻的情況則無法提出解釋。〔註16〕第二、此說必得建立在南北朝之前就已發生輕唇化的前提之下，但是漢語史中輕唇化的時間是否能夠提得那麼早，至今仍存有很大的爭議，並且周氏文中也無法爲我們舉證，誠如其文中所言：「這種解釋，是否能成立，當然需要進一步證實。」

〔註16〕或者周氏正如某些學者一樣，直接就將東韻視爲合口，如陳代興（1987：54）云：「東韻在韻圖上有合口一等與合口三等之分」一樣，因此在他的討論中就可略過東韻不談。但是古逸叢書本《韻鏡》屬東韻的一圖，明明標上「內轉第一開」，似乎也不容輕易改之。

東韻三等與尤韻在《韻鏡》皆標爲「開口」，卻產生輕唇化，與一般認爲的輕唇音分化條件之一爲合口韻的說法相悖，則向來認定的「合口三等韻」的說法，似乎有其修正的必要。陳新雄（1994：95）於東韻之擬音時云：

> 這裡也許我們應該把三等合口變雙唇的條件，稍爲修訂一些，雖不是三等合口韻母，如果主要元音爲 o，由於它的圓唇性，所以只要前面有 i 介音，也可以變輕唇，因此漢口、太原、成都、蘇州「風、丰」等字都讀〔foŋ〕。

此說不僅顧全了《韻鏡》將東韻置於開口的事實，將主要元音擬爲圓唇性的〔o〕，也能與三等的條件搭配得當，甚至在後來的方言材料中，都能加以驗證，可說是一個很周全的論點。李新魁（1986：165）也曾修定輕唇化的條件，其中之一的條件爲「眞合口」，即帶元音性的〔u〕或其他圓唇元音，同時認爲如東三及尤韻所以變爲輕唇，正因爲其主要元音是圓唇元音。二說有其不謀而合之處。

最後，在進行擬音之前，有一個問題要先處理，就是中古濁聲母到底送氣與否。《切韻》的音韻系統就發音方法來說，有三套塞音聲母，即不送氣清音、送氣清音以及濁音。依高本漢的主張，濁聲母是送氣的，他認爲客家方言把全濁聲母一律讀爲送氣清音，所以只有將中古濁音擬爲送氣音，才較好解釋這種現象。這個說法同樣對於國語音讀中，如果是平聲則讀成送氣清聲，如果讀仄聲則讀成不送氣清聲的現象，[註17] 提供了一個解決的管道，所以也得到許多學者的認同。但反對者亦有之，如陸志韋、李方桂、李榮等。高本漢認爲〔g〕＞〔kʻ〕的直接變化是不可能的，爲了能解釋見母讀〔k〕，群母讀〔kʻ〕的方言，因此主張群母當是個送氣的〔gʻ〕。針對這一點，李榮（1973：170）特別舉了邵雍《皇極經世》當中的十二音爲證，說明十一世紀中葉時，邵氏所根據的方言，濁塞音已經有平聲送氣及仄聲不送氣的兩種讀法，因此李榮另外提出了〔g〕＞〔gʻ〕＞〔kʻ〕這樣一個可能的語音演變途徑（1973：117）。不過，說濁塞音在清化之前，還有一個由不送氣過渡到送氣的階段，那麼中間「送氣」的狀況又是如何產生的，並不容易說明。李榮所提供的語音演變途徑，未必能

〔註17〕國語音讀中，平聲讀送氣清聲之例，如群母「其」kʻi；定母「壇」tʻan；並母「盤」pʻan；從母「錢」tsʻien。仄聲讀不送氣清聲之例，如群母「近」kin，定母「道」tau；並母「步」pu；從母「在」tsai。

夠很好地解釋見母讀〔k〕，群母讀〔k‘〕的方言，況且其舉證之取材來自古印歐語的演變〔註18〕，在對於說明漢語的問題時，並不是那麼直接的證據。正如董同龢（1993：142）所說：「照理想，說送氣消失而變不送氣的音總比說本不送氣而後加送氣好一些。」因此高本漢濁音送氣說的主張，是較爲直接了當的解釋方式。

再針對高氏論證的第二點，高氏認爲《廣韻》又讀必須滿足的條件之一，即只有送氣清聲母跟濁聲母又讀，沒有不送氣清聲母跟濁聲母又讀。李榮認爲這樣的看法是不全面的，因爲事實上，《廣韻》除了有前一種又讀，如「徒紅切」下，「潼」又通衝二音；也有後一種又讀，如「九容切」下，「共」又有「渠容切」。李榮所指摘的，並非無據，本文從今本《玉篇》中，也整理出不少全清聲母與濁聲母又讀的例證，並且這些例子，較送氣清聲母跟濁聲母又讀的例子多出許多。這些例字，我以統計數字表列如下：

	唇音	舌音	牙音	齒音
不送氣清聲母與濁聲母又讀	15	16	12	15
送氣清聲母與濁聲母又讀	4	10	3	6

我們知道，一字兩讀的產生是有其社會的歷史的原因的，語音是語言的物質外殼，縱向看有古今音變，橫向看有方言差異，包括通語及方言的差異。語音的發展是漸變的，由舊質到新質的過渡是緩慢的，當新音產生了，而舊的音並不隨之滅亡，往往是新舊音並存，這就形成了一字兩讀或三讀四讀的現象了。以方言差異來說，李如龍、辛世彪（1999：201）指出，唐五代西北地區的方言，全濁聲母就有送氣不送氣的差異，「關中晉南一帶的方言屬於前者，河西走廊一帶的方言屬於後者。」在全濁聲母讀送氣的方言裡，可能與送氣清聲母產生又讀的機會較大，而全濁聲母讀不送氣的方言裡，則比較可能與不送氣的清聲母形成又讀，像這一類的語音差異，也是很有可能同時受到韻書、字書的編者收錄，所以呈現了濁聲母有與送氣清聲母又讀的情形，也有與不送氣清聲母又讀的情形，而各書編者的收錄情況各有不同，我們恐怕很難依據濁聲母的又讀情況，採以「少數服從多數」的方式，決定濁聲母的送氣與否。因此，如高本漢

〔註18〕古印歐語的"d"（保存在梵文跟拉丁文裡）變成古日耳曼語的"t"（保存在英文裡），例如梵文 dva，拉丁 duo，英文 two。英文 two 的"t"是送氣的。

所舉這一方面的證據，至多只能說明中古濁塞音與濁塞擦音，同時具有送氣與不送氣的兩種可能。今本《玉篇》的情況只能說是，當中收錄了較多的濁聲母與不送氣清聲母又讀的例子。

在高本漢之後，許多學者仍孜孜於濁音送氣問題的探討，尤其是利用對音或譯音材料的加以探討。有些材料表現出濁音不送氣的傾向，如隋代闍那崛多以前，有的經師在全濁聲母字後加「何」（西晉竺法護：ga 迦，gha 迦何），有的則加注「重音」（東晉法顯：da 茶，dha 重音茶），還有的經師利用加口字旁的新造字以示全濁送氣（隋闍那崛多：ba 婆，bha嚩）等等。可見濁送氣在當時被看成是很特別的音，只好用特別的標注來表示。有些材料則是呈現濁音送氣的傾向，如羅常培（1933）分析八世紀前後漢藏對音材料《大乘中宗見解》時，指出全濁聲母大部分都變成了送氣清音。劉廣和（1984）對唐代不空（705～774）的漢譯梵咒材料加以分析，指出全濁聲母「並」「定」「群」是對譯送氣濁塞音的。並且給梵文字母表注音時，對於全濁字已改用加注「去」字的方式。羅劉二氏之說似可互證全濁聲母的送氣性質。根據材料說話，學者們各持己見，究竟全濁聲母是不是送氣，仍然是模棱兩可的。這種情況之下，只能選擇較好解釋後代音變現象的理論，那麼，高本漢的送氣說還是比較值得參考的。是以本文對於全濁聲母均擬成送氣。

綜上所述，我們看到了今本《玉篇》對於《名義》（原本《玉篇》）輕重混切的情形，已有進一步的改善，但是另一方面，又可看到當中仍舊存著輕重唇混切的例子，並且對於輕重唇分化條件的掌握，也不是相當明確，在這種情況下，使得我們趨於保守地看待其輕重唇尚未分化。《廣韻》的幫、非二類，在今本《玉篇》當併為方類；滂、敷二類當併為普類；並、奉二類當併為扶類；明、微二類當併為莫類。既然今本《玉篇》尚未分化出輕唇一類，那麼其音讀仍當擬如重唇為宜，其音值當與《切韻》相當，即方〔p〕、普〔p‘〕、扶〔b‘〕、莫〔m〕。

二、舌　音

《廣韻》舌音分為兩類，一類是切一、四等韻的舌頭音端透定泥；一類是切二、三等韻的舌上音知徹澄娘。本文系聯《大廣益會玉篇》音韻的結果正是如此，其中丁他徒奴四類，相當於端透定泥；竹丑直女四類相當於知徹澄娘。不過，當中亦不乏類隔切語，統計其類隔切比率與原本《玉篇》作一比較，列表如下：

舌音 A-1：今本《玉篇》與原本《玉篇》舌音類隔切比較表

	今本《玉篇》			原本《玉篇》		
	舌頭切 舌　上	舌上切 舌　頭	類隔切 總比率	舌頭切 舌　上	舌上切 舌　頭	類隔切 總比率
端知	5.9%	1.4%	4%	7.7%	2.9%	4.9%
透徹	2.4%	5.4%	3.6%	3.4%	22.9%	14.1%
定澄	2.1%	1.6%	1.9%	5.9%	1.1%	2.7%
泥娘	5.1%	5.1%	5.1%	19%	12%	15%

*以重切輕之比率＝以重切輕字例／全部輕唇字例

*以輕切重之比率＝以輕切重字例／全部重唇字例

*輕重互切總比率＝輕重互切字例／全部輕唇字例＋全部重唇字例

　　上表中四組類隔切的比率，今本《玉篇》都比原本《玉篇》來得低，周祖庠（1995：143～149）指出《原本玉篇零卷》中，這四組均已各自分化成舌頭、舌上兩類。〔註19〕可見，今本《玉篇》音系中應當能夠區別舌頭音及舌上音。周祖謨（1980）也指出能代表原本《玉篇》音系的《名義》中，舌頭音端透定與舌上音知徹澄，也是分為兩類，不過，泥娘二母是合併的。關於這一點，邵榮芬（1982：11～14）從《名義》中許多「一字重切」的情況來觀察，曾指出周文中「端、知六母重切互換上字的例子都有了，而泥、娘切換上字的例子未見。可見根據重切的材料判定端、知六母當分，泥、娘當合，也是站不住腳的。」雖有這樣的疑問，但由於從切語的系聯中，端、知六母及泥、娘二母都能成各自的兩類，因此邵氏並未改動周文關於端、知六母的結論，但是把泥、娘分開了。

　　本文的觀察結果與邵氏相當，並且從原本《玉篇》我們還可看到以娘母字切日母字的例子，如獮韻「緛」，女兗反，但在今本《玉篇》的切語則作如兗切；又原本《玉篇》有以日母切娘母的例子，如獮韻「報」，柔兗反，今本《玉篇》作女展切；談韻鮎，仁三反，今本《玉篇》作女兼切。再與《名義》作一比較，

〔註19〕周祖庠（2001：109～110）同唇音一樣，也修正了其原來主張舌上、舌頭音分化的說法，這是在研究了《名義》音系後所作的改變。他整理《名義》後，得到端知組混切率 5.8%、透徹組 17.8%、定澄組 5%、泥娘組 6.7%。由於透徹組的混切率過高，因而重新思索舌音分化與否的問題。今本《玉篇》透徹組的混切率，同其它三組一般低，不似唇音中存有明微組那麼突出的混切率，至於這些留存在舌音中的混切率，則可視為前代切語的遺留。

如今本《玉篇》娘母孃、搦等字以「女」字爲切者,《名義》則用「如」或「汝」爲切;今本《玉篇》日母一類字,如緛、瞁等字以「如」、「汝」爲切者,《名義》則用「女」字爲切,均可見今本《玉篇》對於原本《玉篇》中娘日混切的情形,已作了很大的改進,並且原本《玉篇》的娘母,在今本《玉篇》中的地位更形穩固了。

　　舌音聲母之音值試擬如下:從韻圖中所見,舌頭音端透定泥四母對於清濁的標示,與唇音一致,均作清、次清、濁、清濁,因此可知今本《玉篇》丁、他二類應如《廣韻》端、透二母,分別爲不送氣與送氣之清聲母,徒類如同定母爲送氣之濁聲母,奴類則如同泥母,爲帶鼻音之濁聲母,其音值分別是:丁〔t〕,他〔t'〕,徒〔d'〕,奴〔n〕。舌上音竹、丑、直、女四類的清濁標示,亦同於舌頭音,其音值依高本漢所主張,[註20]分別擬作:竹〔ȶ〕,丑〔ȶ'〕,直〔ȡ〕,女〔ɳ〕。

三、牙　音

　　本文透過切語上下字的系聯,得到今本《玉篇》牙音共有古、口、巨、五四類,分別相當於等韻牙音見、溪、群、疑四母。除了群母可系聯爲一類之外,其餘三母之切語用字,據初步觀察則有切一、二、四等韻及切三等韻的不同。古類中「居」系主要切三等韻,「古」系主要切一、二、四等韻。舉東韻字爲例,在全部共 21 例中,「古」系所切都是東一等的字,如公,古紅切;攻,古洪切;功,古同切,共 16 例;而「居」系所切皆東三等字,如弓,居雄切;滒,居隆切,共 5 例。口系中「丘」系所切主要爲三等韻字,「口」系所切主要爲一、二、四等字。舉東韻字爲例,全部 17 例中,「丘」系皆切東三等字,如穹,丘弓切;硿,丘中切;芎,去弓切;悾,去宮切,共四例;「口」系所切皆東一等韻字,如空,口公切;悾,苦工切;箜,苦紅切;硿,苦東切,莖,苦聲切,共 13 例。

　　這種切語上字的用字,既有切一二四等字和三等字的分別傾向,到底音值上有沒有不同?高本漢首先就提出了三等爲顎化音的理論。他說:「三等韻中緊跟在聲母後面的〔i〕以某種方式改變了這個聲母,使它產生了輕微的變異。」這個說法後來引起一些學者的批評,並且提出修正,如李榮(1973:108〜110)

[註20] 高本漢(1990:18)認爲舌上音乃舌尖音受-ja-之影響而軟化,所軟化之程度,正足以使之成爲眞正之舌面聲母,而與舌頭音迥然有別。

所說，試整理李說如下：

1、〔j〕化說在方言裡頭沒有根據。以見母字爲例，見母字在廣州一律念〔k〕，無論〔j〕化不〔j〕化。北京話的見母字在〔i〕，〔i-〕，〔y〕，〔y-〕前一律念〔tɕ〕，不念〔k〕；在其它元音前一律念〔k〕不念〔tɕ〕。從北京話來看，也就是說顎不顎化，不見得是〔j〕化與否的關係，乃是以元音做爲條件的。

2、高本漢說強元音性的〔i〕介音前頭的聲母不〔j〕化，弱的輔音性的〔i〕介音前頭的聲母〔j〕化。但是說弱的〔i〕介音能影響前頭的輔音讓它〔j〕化，而強的〔i〕介音反而不具這種能力，這就難以自圓其說了。

3、高本漢分單純和〔j〕化的那些聲母，反切上字固然有分組的趨勢，但是他所不分單純與〔j〕化的精、清、從、心四母，反切上字也有分組的趨勢，這也是高氏的說法不夠圓融之處。

由於高本漢〔j〕化說有上述這些不好解決的難處，因此李榮依據"Distinctive and Non-Distinctive Distinctions in Ancient Chinese"一文，提出了一套「介音和諧說」來加以解釋。這個說法認爲，所謂單純的跟〔j〕化的聲母出現的機會是互補的，這種區別不是辨字的。反切上字分組的現象，其實是因爲反切上字跟反切下字的介音，有求相同的趨勢，各聲類的程度不同。李榮最後的結論是把高本漢的〔j〕化聲母全併入相當的單純聲母，並且把云（爲）類〔j〕併入匣類〔ɣ〕。

周祖謨（1980：316～317）於《名義》中也觀察到同樣的現象，並指出這種分別其實只是反切用字上的分別，音值並無差異。本文再觀察今本《玉篇》中的異部重文字，也發現古類中「居」組與「古」組之切語，彼此間多存有通用的情形，如「喎」字既見於口部，又見於㗊部，切語分別作吉弔和古弔；「闋」字分見於鬥部及門部，切語分別作爲吉了切和古了切，均可見古、吉聲實同類。既然這種切語用字的分別，不見得有音值上的差異，並且今本《玉篇》異體字又透露二系其實通用，那麼，自然不必要區分爲兩類。而口類雖也有切語用字上的分別，但是和古類一樣，這兩系也是通用的。如今本《玉篇》糸部「繣」字兩見，音切分別作口革、輕革切，可知口、輕聲相類；口部噲，「亦作喟」，切語分別作苦怪、丘愧，可知苦、丘聲相通；門部閌，「本亦作伉」，切語分別作恪浪、去浪，可知恪、去聲相通。因此口類的二系亦不作兩類的分別。

　　五類從切語上字的系聯，得到「魚」、「五」兩系，「魚」系主要是切三等字，「五」系則主要切一、二、四等字，但由於這兩系之間本來就存有不少混用的情形，因此彼此的界限，又不像古、口二類中各自的兩系那麼明顯。二系的混切主要是表現在五、午二字與牛、魚二字的混用上，據本文統計以五、午二字切三等字的共有 9 例，以牛、魚二字切一、二、四等字者，共有 66 例，一、二、四等的混切例較三等的混切例多了許多。這些例子約佔全部五類字 708 例的 15%左右。而從異體字中，我們也看到不少兩系通用的例子，故亦當視爲一類。

　　群母從切語上字的系聯，只得到一類，韻圖中除了群母只出現在三等之外，其餘三母則四等皆備，今本《玉篇》的情況也大致如此，但是群母有極少數的幾個字例出現在非三等韻，如覺韻二等矍，巨角切；〔註21〕東韻一等䡀，渠公切；歌韻一等𧇮，巨何切；歌韻一等伽，求迦切；戈韻一等茄，巨迦切；咍韻一等隑，巨慨切。這個現象，李榮（1965）曾有專文討論，並且論證在吳語、閩語等地區古群母有一二四等，周祖庠（1995：153）並據以認爲「《玉篇》、《博雅音》隑爲群母一等字，與今天吳語讀〔gɛ²〕符合。亦與顧氏、曹氏籍貫相符，與《玉篇》音系基礎爲南音的結論吻合，是十分珍貴的證據。」原本《玉篇》音系容或有以南音爲基礎的傾向，但是任何一個具有綜合性的音系中，含括了某些方音的某些特點，也是不足爲奇的，如上文所舉例證中的伽，求迦切一例，也出現在《廣韻》當中。〔註22〕因此我們也有理由認爲，原本《玉篇》當中收納了南方方言中，像群母歸一二四等的這個特點，其實只是如《廣韻》音系兼賅古今南北的綜合性作法。而今本《玉篇》在有所承襲的情況下，也保留了一些這類的例子。

　　據董同龢（1993：151）所歸納，從現代方言來看，見溪群主要有兩種讀法，一種是作舌根音〔k〕，如閩語、粵語、客語，分佈在今梅縣、廣州、廈門、潮州、福州一帶；一種是作舌面音〔tɕ〕，如官話、吳語，約分佈在北京、濟南、

〔註21〕這幾個例子當中，矍字可再討論，因爲今本《玉篇》所見霍字或者是从霍的偏旁的，都是讀爲喉音曉母，如霍，呼郭切、矐，呼郭切、攉，火郭切等，那麼，矍字或許可以當作牙喉音轉的例字來看，在此可先行排除。那麼本文所見群母切非三等字的例外，就都只出現在一等韻了。

〔註22〕周氏同時也指出《廣韻》中還有三個群母二等的字例：趹，求獲切、𪗪，跪頑切、𥬇，求蟹切。

西安、太原、漢口、成都、揚州、蘇州、溫州、長沙、雙峯、南昌等地。讀舌面音乃是舌根音〔j〕化的關係，因此可以認為中古時期的見、溪、群讀舌根音，則今本《玉篇》的古、口、巨三類亦讀同舌根音。等韻疑母的讀法較為複雜，據董氏之歸納，其現代讀法有五派：一為全部讀〔ŋ〕，如福州；二是全部讀〔g〕，如廈門；三是洪音為〔ŋ〕，細音為〔n〕，如蘇州、梅縣；四是開口音為〔ŋ〕，合口音、齊齒音、撮口音為〔ø〕，如某些下江官話及西南官話方言；五為全部是〔ø〕，如國語。可知疑母較早時期乃是讀為舌根音，讀成零聲母是較晚的事。由於今本《玉篇》的五類，與中古時期疑母的音韻現象無甚差別，所以五類與古、口、巨三類等同讀舌根音，也是沒有疑問的。再加上韻圖中所標示牙音四母的清濁與唇舌音一致，故古類當為不送氣之清聲母〔k〕，口類當為送氣之清聲母〔kʻ〕，巨類為送氣之濁聲母〔gʻ〕，五類則為帶鼻音之〔ŋ〕。

四、齒　音

《切韻》音系裡，齒音向來分為齒頭音、正齒音（近於齒頭音）、舌齒音（近於舌上音），其中齒頭音與舌齒音乃因古音淵源的不同，而成為對立的兩組，黃季剛先生《音略》就將陳澧系聯《廣韻》所得的正齒音九母，析出照穿神審禪與莊初床疏兩組，前者古聲歸端透定，後者古聲歸精清從心。以下就今本《玉篇》來談談這三組聲母。

（一）齒頭音

《廣韻》齒頭音包括精清從心邪五母，今本《玉篇》從反切上字的系聯，則分為子、七、才、思、似共五類。有的學者系聯《廣韻》切語，發現精清從心四母的反切用字，有主要切一、四等韻及主要切三等韻的分別，但今本《玉篇》中這種界限是極為模糊的。除了才類各上字使用比率較為平均外，今本《玉篇》子類字共 593 例，其中用「子」字作為反切上字者就有 503 例；又如七類字共 472 例，其中用七、千、且三字作為反切上字者就有 393 例；思類字共 757 例，其中用先、思、息三字作為反切上字者就有 502 次，表示今本《玉篇》齒頭音的切語用字有了很高的一致性，自然地不容易呈現用字的分別。似類向來只跟三等韻配合，這在今本《玉篇》中，表現得尤其一致，可參見本文第二章音節表的部分。《名義》音從邪二母不相分別，到了今本《玉篇》則是明顯的才、

似兩類，〔註23〕這個現象可透過二書切語的比對中得到。如自，疾利切，《名義》徐利切；情，疾盈切，《名義》似盈切；慚，昨酣切，《名義》辭甘切。以上這些例字在《切韻》中均爲從母字。像這一類的例子很多，據本文的統計共逾九十餘個之多。

　　《韻鏡》精清從三母，以「清，次清，濁」標示，與唇牙喉的情形一致，今本《玉篇》子、七、才三類，相當於精清從三母，因此也可推知子類爲不送氣之清聲母，七類爲送氣之清聲母，而才類則爲送氣濁聲母。衡諸方言，此三母字均讀如舌尖前音，因此將今本《玉篇》子、七、才三類的音值分別擬爲〔ts〕、〔ts‘〕、〔dz‘〕。《韻鏡》之三十六字母圖稱心、邪二母爲「細齒頭音」，與精清從的發音部位是相同的，不過在發音方法上有所分別，而導致音值上的差異，大概心邪於齒頭音所以有「細」之稱，乃其發音方法，爲氣流自齒尖隙縫中擠出之摩擦語音，因此心母一般讀作舌尖前清擦音，邪母則讀爲舌尖前濁擦音。今本《玉篇》思、似二類即相當於等韻的心、邪二母，則思類可擬作〔s〕，似類可擬作〔z〕。

（二）正齒近於齒頭音

　　這組聲母一般也稱正齒音，其發音部位與齒頭音不同，應居於齒頭音之後，並與之接近，包括莊初床疏四母，有人主張《切韻》莊組當再分出一個俟母，如李榮《切韻音系》中就有個俟母。但今本《玉篇》沒有俟母是很肯定的，因爲所見俟，床史切、㑯，仕几切、竢，事紀切、漦，仕緇切（又力之切）等字，都是以床母字爲切語上字，其中，「俟」與「竢」互爲異體字，立於不同部首之下，兩處分注，竟也取得一致的音讀，可見俟字讀床母並非偶然。這與原本《玉篇》及《名義》較爲一致，如周祖庠（1995：161）指出：「與《切韻》相比，《玉篇》莊組顯著的特點就是沒有俟母。」但是沒有俟母，是否就是《玉篇》莊組字的特點，倒也說不定，因爲《切韻》到底有沒有獨立的俟母，至今仍未得到一致的定論。從反切上字的系聯，今本《玉篇》得到側、楚、仕、所四類，與

〔註23〕今本《玉篇》中仍有一些從邪混切的情形，如彭，徐井切，《廣韻》疾郢切、秨，徐各切，《廣韻》音昨、晴，似盈切，《切三》《王二》疾盈反、匠，似亮切，《廣韻》疾亮切、僐，祀牢切，《王二》作曹反、𪗱，祀牛切，《王一》字秋反。一方面這些例子爲數並不多，再者，我們從今本《玉篇》也看到從邪二母形成異讀的例子，如鬲部「鬵，似林、才心二切，金屬。」可證從邪二母有別。

《廣韻》莊、初、床、疏四母相當。在反切用字上也沒有二、三等的區別，這主要也是由於當中切語用字的使用，有了較高的一致性。如側類共 195 例中，側、仄、壯三字所切就有 134 例；楚類共 202 例中，初、楚二字所切就有 158 例；仕類共 172 例中，士、仕二字所切共 135 例；所類共 319 例中，所、山二字所切就有 210 例。

再取個別切語與《廣韻》等韻書進行觀察比較，這組字仍存有混切的情況，如下所列：

1、正齒近齒頭音字互切例：

羮，俎（莊）下切，《集韻》仕（床）下切；

茬，仕（床）之切，《廣韻》側（莊）持切。

榛，仕（床）銀切，《廣韻》側（莊）詵切。

幘，側（莊）革切，《廣韻》楚（初）革切；

娖，側（莊）角切，《廣韻》測（初）角切；

2、與正齒音字互切例：

錝，俎（莊）聾切，《廣韻》子（精）宋切；

奘，阻（莊）良切，《廣韻》在（從）良切；

崝，仕（床）耕切，《廣韻》七（清）耕切；

箏，仕（床）耕切，《廣韻》七（清）耕切；

鐕，仕（床）萌切，《廣韻》七（清）耕切；

埩，仕（床）耕切，《廣韻》七（清）耕切；

韉，思（心）危切，《廣韻》山（疏）垂切；

鞘，思（心）搖切，《廣韻》所（疏）交切；

毹，思（心）俱切，《廣韻》山（疏）芻切；

棷，叉（初）垢切，《廣韻》倉（清）苟切；

犙，山（疏）含切，《廣韻》蘇（心）含切。

3、與正齒近舌上音字互切例：

獵，莊（莊）善切，《廣韻》旨（照）善切；

蕣，師（疏）閏切，《廣韻》舒（審）閏切；

折，士（床）列切，《廣韻》常（禪）列切；

酏，士（床）倫切，《廣韻》常（禪）倫切；

扎，州（照）戛切，《廣韻》側（莊）八切；

溪，矢（審）甲切，《集韻》色（疏）洽切；

莂，始（審）卓切，《廣韻》所（疏）角切；

索，式（審）白切，《廣韻》山（疏）戟切；

隓，尺（穿）陷切，《廣韻》仕（床）陷切；

艾，尺（穿）加切，《廣韻》楚（初）佳切；

趬，詐（照）交切，《集韻》初（初）交切；

在這些例子中，可發現齒音三組字互切的情形是相當的，不過，這些混切例的數量，整個來說所佔的比率非常低，因此絲毫不影響三組字各自獨立的事實。上古音的事實是，中古的莊組字常與精組字互諧，由經典異文及通假字都可顯示出來，並且它們跟端組字不相出入，與章組和知組也絕少糾葛。（李行杰，1994：38）今本《玉篇》莊照混切之例，正表現出語音的變化軌跡，這種變化並且能夠從其他語料得到印證，王力〈朱翱反切考〉便考察出在朱翱的時代，也有莊照二組混切的痕跡。〔註24〕至於「正齒近齒頭音字互切例」中有三個莊床混用的情形，這可能表示當中已有「濁音清化」的傾向，由於全濁音的帶音成份逐漸消失，讀來與清音分別不大，因此出現了以莊切床，或以床切莊的例子。我們另外在牙音下，也看到了以群切見的例子，如「痀」，渠（群）俱切，《廣韻》舉（見）朱切。

《廣韻》莊組聲母的音質一般擬爲舌葉音（舌尖面混合音），少部分學者如高本漢、李榮則擬作舌尖後音。然而，舌尖後音的說法是行不通的，陳新雄（1990：264）曾提出以下兩點看法：第一捲舌音聲母不便與〔ja〕類韻母結合一如知系，知系出現在二三等，莊系亦然，假如知系不可能是捲舌聲母，則莊系同樣是不可能的。第二、《中原音韻》莊系字讀〔tʃ〕，〔tʃʻ〕，〔ʃ〕，今國語則讀〔tʂ〕，〔tʂʻ〕，〔ʂ〕。如果說莊系從《廣韻》到國語的變化是〔tʂ〕→〔tʃ〕→〔tʂ〕，是極不合邏輯的。因此今本《玉篇》本組字的音值，可擬作舌尖面混合的塞擦音跟擦音：側〔tʃ〕、楚〔tʃʻ〕、仕〔dʒʻ〕、所〔ʃ〕。

〔註24〕這些例子包括：士，實史（以禪切床）；鉏，蟬於、雛，善于、豺，蟬齋、愁，輝搜、儕，蟬差（以禪切床）。

（三）正齒近舌上音

這組聲母一般也稱舌齒音，《廣韻》音包括照穿神審禪五母，不過，今本《玉篇》只有之、尺、式、時四類，之相當於照母，尺相當於穿母，式相當於審母，時則包括了神禪二母。時類包括神禪二母，透過反切上字的系聯結果如此，取個別切語與《廣韻》等韻書進行觀察比較，其結果亦然。例證列舉如下：

1、以禪切神

船，市專切，《廣韻》食川切；神，市人切，《廣韻》食鄰切；
澠，市陵切，《廣韻》食陵切；繩，市升切，《廣韻》食陵切；
譝，視陵切，《廣韻》食陵切；騬，市陵切，《廣韻》食陵切；
實，時質切，《廣韻》神質切；蝕，時力切，《廣韻》乘力切；
食，是力切，《廣韻》乘力切；剩，時證切，《廣韻》實證切；
塖，視陵切，《廣韻》食陵切；艖，視陵切，《廣韻》食陵切；
溗，市陵切，《廣韻》食陵切；椉，是升切，《廣韻》食陵切；
朮，時聿切，《廣韻》食聿切；沭，時聿切，《廣韻》食聿切；
秫，時聿切，《廣韻》食聿切；述，時聿切，《廣韻》食聿切；
蟜，市律切，《廣韻》食聿切；贖，市燭切，《廣韻》神蜀切；
射，市柘切，《廣韻》神夜切；舌，時列切，《廣韻》食列切；
滑，視均切，《廣韻》食倫切；剩，時證切，《廣韻》實證切；
示，時至切，《廣韻》神至切；諡，時志切，《廣韻》神至切。

2、以神切禪

鉃，食指切，《集韻》尸忍切；嗜，食切切，《廣韻》常利切；
郕，食盈切，《廣韻》是征切；徜，食羊切，《廣韻》市羊切；
盛，食政切，《廣韻》承正切；娍，食政切，《集韻》時正切。

當然，今本《玉篇》中也不乏以《廣韻》中的神母字切神母字的例證，如䞒，神爾切、脣，食倫切、術，食聿切、孰，示六切、憴，食陵切、虵，食遮切、揗，食尹切、順，食潤切、抒，神旅，但也就僅止於這幾個例子，與本文所舉神禪互切例相較，顯然可見，今本《玉篇》神禪二母已無分別。周祖謨（1980：315～316）曾指出：「今本《玉篇》神禪有別，而《名義》反切上字只有禪母一類字，而無神母。」今本《玉篇》確有屬《廣韻》神母的字，不過，例字極少已如前述，而透過個別切語的觀察，則有更多的證據能夠顯示今本《玉篇》神

禪不分的事實，這些恐怕正是周氏疏於觀察，或者是有意迴避的證據。

此外，尚有其他混切的情形，取與《廣韻》等韻書進行觀察比較，今本《玉篇》正齒近舌上音字除了有本組字互切例之外，也有一些與他組字混切的例子，與正齒近舌頭音字混切的例子已見於該組聲母下，其他還有：

1、正齒近舌上音字互切例

鷙，之（照）勢切，《廣韻》時（禪）制切；

絾，之（照）力切，《唐韻》常（禪）寔反；

觸，尺（穿）欲切，《廣韻》市（禪）玉切。

2、與舌上音字互切例

鶹，之（照）瑜切，《廣韻》陟（知）輸切；

紬，式（審）出切，《廣韻》竹（知）律切。

3、與牙音字互切例

猘，之（照）世切，《廣韻》居（見）例切。

韻圖中照組字只安排在三等的位置，從本文音節表所見，今本《玉篇》有少數例外，這些例外，主要就是因為正齒近舌上音字與他組字母混切的結果。上舉混切例的第 1 點，可以說是濁音清化的例子，第 2 點則是古音演變過程中的少數遺留，第 3 點這種舌上音與正齒近舌上音字的混切，在敦煌俗文學的別字異文裡，經常出現代用的情形，而《開蒙要訓》這部曾經過晚唐五代人以敦煌方言注音的書，也有很多知照互注的例子（邵榮芬，1997：287～289），可見今本《玉篇》這一類混切的例子，可能是受到敦煌方音的影響所致。至於第 4 點，並不能視作混切，因為《龍龕》卷二犬部「猘」，就收有居例、尺制、征例三個切語，可見這個例子應該算是又讀。周祖庠（1995：167）指出，原本《玉篇》存有幾個章（照）組與非三等字相配的例子，取與今本《玉篇》及《切韻》系韻書比較如下：

	原本《玉篇》	今本《玉篇》	《切韻》系韻書
諸	傷加反丑加反	陟加切	陟加反《王二》
綝	充甘反	他甘切	他甘切《廣韻》
瞽	之頰反	之涉切	之涉反《王一》
謵	傷協反丑協反	叱涉切	叱涉反《王二》

透過以上的比較，可見今本《玉篇》的切語，頗能遵守與三等字相配的規律，已顯得近於《切韻》系韻書，而這些正是在原本《玉篇》的基礎上，揉合了《切韻》系韻書的音韻規律，所呈現出來的結果。至於神禪二母的合併則是完整地繼承了原本《玉篇》的音韻特點。〔註25〕神禪二母不分，也是上古時期的音韻特徵之一，李方桂（1971：12）認為神禪二母有同一的來源。並且指出中古《切韻》系韻書雖有神禪之分，但從他的分配情形看來，除去少數例外，大都有神母字就沒有禪母字，有禪母字就沒有神母字。從現代方言來看，陸志韋（1985：11～12）文中曾舉高本漢《中國音韻學》所調查的平上去聲合口字在現代陝甘語中的讀音：

	床三（神）	禪
蘭州	〔f〕	〔f〕〔t'〕
平涼	〔ʂ〕	〔t'〕〔ʂ〕
涇州	〔s〕	〔s〕〔ts'〕
西安	〔f〕	〔f〕〔pf'〕
三橋鎮	〔s〕	〔s〕〔ts'〕
三水	〔s〕	〔ts'〕〔s〕

例子裡的床三（神）均讀為擦音，說明現代方言的演變中，神禪也是不易分辨的。王力（1991b：113）也證實《釋文》是神禪混用的，並提出這樣的設想：「開始時，只有禪母〔z〕，是個擦音，後來一部分字分化為塞擦音〔dz〕（船）。」有了上述這些證據，我們也就可以定訂這個神禪合併之後的時類當讀為擦音。〔註26〕從現代方言看來，照系近於知系，而韻圖中照系字均排列於三等的地位，高本漢主張這種三等韻的聲母，因受其後介音〔j〕的影響，而發生了軟化作用，所以照系聲母應該就是舌面前的塞擦音及擦音。今本《玉篇》的表現也當是如

〔註25〕周祖庠（1993：165）指出：《零卷》章組最大特點是有常母無船母。

〔註26〕就音系現象之整體來看，今本《玉篇》在唇音、舌音、牙音以及齒音中的齒頭、正齒近齒頭均存在著塞擦音的成份，本文在此將神禪二母合併後的時（禪）類擬作擦音，則正齒近舌上部位的塞擦音顯然形成空缺，這種空缺是音韻內部的自然現象，或者是還有其它需要考慮的因素，比如邵榮芬（1982：101～108）就曾主張「常是塞擦音（原文作擦塞音），船是擦音」，大概也是希望藉用不同角度來解決這種「空缺」問題。這一類的問題，恐怕仍待日後結合相關之音韻材料進行觀察。

此，是其音值可假設爲：之〔tɕ〕、尺〔tɕʻ〕、式〔ɕ〕、時〔ʑ〕。

五、喉　音

　　《廣韻》喉音包括影、曉、匣、爲、喻五母，今本《玉篇》則分爲於、呼、胡、于、余五類，於相當於影母，呼相當於曉母，胡相當於匣母，于相當於爲母，余相當於喻母。在切語用字上，《廣韻》影、曉二母均各自有切一、二、四等及切三等韻的兩類分別，今本《玉篇》這種分別在於類已趨於模糊，這主要也是因爲今本《玉篇》在切語用字上取得了較高的一致性，如於類不只切語上字能夠系聯爲一類，並且在全部共 1,064 例中，以「於」字作爲切語上字者，就有 759 例，高達百分之七十的比率，其次是「烏」字，有 189 例，約佔百分之十七的比率。只有剩下的百分之十三的切語用字，稍存有分界的痕跡，如所見以「衣」字爲切者共 5 例，全部都切三等字。

　　至於呼類的切語用字，則基本上呈現切三等，與切一、二、四等的區別，「許」系主要切三等字，不過也有少部分切一、二、四等的，如許、華、向；「呼」系主要切一、二、四等字，但也有少部分切三等字的，如呼、火、盱。據周祖庠（1995：169）的研究，原本《玉篇》影、曉二母兩類的混切比率較高，尤以曉母爲甚；周祖謨（1980：317）的研究則指出，《名義》影母爲一類，曉母分爲兩類，二位先生所得結果的差異，可能是在於原本《玉篇》有所殘缺，導致其結果不如透過《名義》的觀察來得全面所致。由此可知，今本《玉篇》呼類「許」「呼」二系切語用字的分別，可能是有所承襲於原本《玉篇》而來的。不過，呼類的情況也和牙音的古、口二類一樣，當中的兩系皆有大量的通用之例，如言部「訶」，許多切，「古文歌」，歌，呼多切，許、呼相通；匕部匕，呼罵切，「今作化」，化，許罵切，呼、許相通。皆可證明「許」「呼」二系實爲一類。

　　此外，今本《玉篇》喉音聲母的切語，還保留了一些古音，可以從本文所整理出來的混切例中得知。取個別切語與《廣韻》等韻書進行觀察比較，得到以下例證：

　　1、匣爲混切

　　（1）以匣切爲

　　迶，胡厥切，《廣韻》王代切；貟，胡拳切，《廣韻》王權切；

䁵，胡貴切，《廣韻》于貴切；彙，胡貴切，《廣韻》于貴切；

矣，諧几切，《廣韻》于紀切；痏，胡軌切，《廣韻》榮美切；

揘，胡盲切，《廣韻》永兵切；腄，胡求切，《廣韻》于求切；

熒，于扃切，《廣韻》戶經切；芋，或虞切，《廣韻》羽俱切；

鵗，胡彼切，《廣韻》韋委切。

（2）以為切匣

懷，為乖切，《廣韻》戶乖切；㜳，為乖切，《廣韻》戶乖切；

嚿，于白切，《廣韻》胡伯切；彋，禹萌切，《廣韻》戶萌切；

紘，為萌切，《廣韻》戶萌切；䫀，有衮切，《廣韻》胡本切；

㚓，禹安切，《集韻》河干切；猾，為八切，《廣韻》戶八切；

歀，禹八切，《廣韻》戶八切；學，為角切，《廣韻》胡覺切；

鞋，于桂切；《集韻》胡桂切。

2、喻匣互切

歀，胡沼切，《集韻》以紹切；莖，余更切，《廣韻》戶耕切；

覣，余諫切，《集韻》侯憪切；藒，余戛切，《廣韻》胡八切；

擕，俞桂切，《集韻》胡桂切。

3、以喻切曉

督，瞀歷切，《廣韻》許役、呼臭二切，《集韻》營隻、呼役二切。

4、以喻切影

腴，羊改切又音與，《廣韻》與改切、《集韻》倚亥、演女二切。

5、牙喉互切

（1）以匣切見

譪，胡麥切，《廣韻》古獲切

（2）以見切匣

灝，公道切，《廣韻》胡老切

（3）以溪切匣

欿，口感切，《廣韻》胡感切；轗，口咸切，《廣韻》胡讒切；

硎，苦耕切，《廣韻》戶經切

（4）以喻切見

絠，弋宰切，《切三》、《廣韻》古亥切。

6、唇喉互切

以匣切滂，如：「皛」，胡灼、胡了切，《王二》普伯、胡了、莫百反，
《唐韻》普伯、胡了、莫伯反，《廣韻》同《唐韻》，《龍龕手鑑》胡了、
普伯、莫百反。

上述例子中，匣爲二母互切之例似乎不少，但從比率上來看，以匣切爲的
例子，只佔全部匣母字 1,135 例的 0.9%，以爲切匣的例子，則佔全部 294 例的
3.7%，並不影響匣爲二母的分別，與原本《玉篇》及《名義》的爲匣不分，是
不同的。其餘所述諸混切例，都是今本《玉篇》在重修過程中，少數自原本《玉
篇》承留下來的古音。在上舉例子中的第 5 點，我們得到幾個喉牙互通的切語，
如果再配合又音的情況，如合，胡答切，又古答切；校，胡教切，又古教切；
會，胡外切，又古外切；汗，何旦切，又古寒切；詬，許遘切，又胡遘切、居
候切等等，今本《玉篇》喉牙音轉的例證將更形豐富，可說是映證黃侃等古音
學家所提出喉牙合一的說法，並且如周祖庠（1993：173）所指陳的，「《玉篇》
這些資料，證明了牙喉音的關係。特別是匣母與見母關係密切，因〔k-〕〔g-〕，
僅清濁之分。喉音曉匣喻三上古歸牙音，既符合語音由濁而清、由塞而擦的發
展大勢，亦符合現在所了解的諧聲、反切、方言、對音等材料，是可信的。」
〔註27〕至於第 6 點這種唇喉互切之例，向來少見，今本《玉篇》亦僅此一例。
考諸現代方言，成都、長沙、南昌、梅縣等地，有將匣母字讀成唇齒音者，如
胡、湖、糊等字這些地方皆讀爲〔fu〕，不過，將唇音字讀作匣母者則未見。元
刊本及圖書寮本音切同此，猜想這或許是個形訛字，但爲何字之訛，一時我們
也找不到力證，僅表出以示存疑。

等韻喉音聲母中的曉匣二母，以「清」標示曉母，以「濁」標示匣母，可

〔註27〕相關論證可參閱李新魁〈上古音曉匣歸見溪群說〉、李榮〈從現代方言論古群母有
一二四等〉、周長楫〈略論上古匣母及其到中古的發展〉。此外，邵榮芬（1997：
24～43）根據《說文》諧聲資料進行統計，得到「匣母與曉、云彼此互諧才有 49
次，而與見、溪、群互諧竟達 316 次，後者比前者多出了五倍。這是匣母與塞音
關係比較密切的證據。」由於匣母與塞音及擦音均有聯係，因此邵氏主張上古匣
母當一分爲二。

見二者的區別當在清濁的差異。高本漢在《中國聲韻學大綱》據中國境內方言，提出曉匣二母有舌根擦音〔x〕、〔ɣ〕與喉擦音〔h〕、〔ɦ〕二種可能性，現代方言的北方話都念前者，南方話如閩南、客家、粵語都是念後者。高氏在《中國音韻學研究》又提出多項理由，主張中古音當屬前者。董同龢（1993：152）雖然認爲高氏之主張理由不夠充分，但由於「習用已久」，也就姑且沿襲高氏所寫。在不能提出更好的說法的情況下，也同意暫依高氏所擬，將呼、胡二類擬作〔x〕、〔ɣ〕。

　　我們再從現代方言觀察影喻（含爲、喻），發現大部分都是無區別的，讀成零聲母。但是依據韻圖所標示，影母爲「清」，喻母爲「濁」，顯然原來音值應該是有所分別的。董同龢（1993：153）也指出根據聲調的變化，可以分辨影、喻，凡中古聲母屬平聲清音者，各方言都是陰平，凡中古聲母屬濁音者，都變陽平，影母即屬前者，與幫、滂、端、透……等同；兩個喻母則屬後者，與並、明、定、泥……等同，由此推斷影母爲喉塞音〔ʔ〕，則今本《玉篇》於類的音值亦然。陳新雄（1990：267）從國語伊、因、英、紆、鳶（影母）及夷、寅、盈、余、圓（喻母）的對應關係，也得到相當的結論，並且說「影應該是跟見〔k-〕、幫〔p-〕、端〔t-〕等聲母相似的塞聲，就喉部的部位來說，就是聲母突然張開的喉塞聲。」

　　《廣韻》喻、爲二母，在今本《玉篇》中雖有少數混用例，但都是古音的遺留，二母實則分爲兩類。它們古音來源本不同，喻三古歸匣，喻四古歸定，前人已多所論證，但是它們能夠混用，並且三十六字母喻爲合併，可見音值當極爲相近。由現今方言中已看不出二者的分別了。它們的讀音，陳新雄曾就上古音來推測，認爲喻讀爲零聲母〔Ø〕，爲母則讀〔j〕。羅常培（1937：117～121）、董同龢（1993：153）等人都認爲，爲母是匣母三等字受到介音〔j〕的影響而顎化的一類字，音值擬作〔ɣj〕，不過，考慮爲母上聲不變去聲，和匣母的演變不同，〔註28〕並且漢語音韻史上喻爲曾經合成一類的事實，在此，仍以陳新雄

〔註28〕中古匣母字在演化過程中，有部分上聲字變入去聲的情形，如「戶」字，原屬上聲姥韻匣母，現代方言如北京、濟南、西安、太原、武漢等多數地區都讀爲[xuˀ]、「匯」字，原屬上聲賄韻匣母，現代方言如北京、濟南、西安、太原等地區都讀爲[xueiˀ]、「后」字，原屬上聲厚韻匣母，現代方言如北京、濟南、西安、太原、武漢等多數地區都讀爲[xouˀ]，而爲母字則不發生這種變化。

的說法爲是。

六、舌齒音

（一）半舌音

今本《玉篇》的半舌音只有一個，即力類，相當等韻的來母。可與一二三四等韻相配合的情況與《廣韻》相同，所不同的是，《廣韻》的切語上字有一二四等類與三等類的明顯分別，而今本《玉篇》之間的分別幾乎泯滅。除了切語上字得以系聯爲一類之外，並且在切語用字上也有了極高的一致性，如力類共1,595例中，使用「力」字作爲切語上字者就有1,284例，佔全部的80%，其他的切語上字也都有切兩類的情形。這種現象與原本《玉篇》、《切韻》較爲接近，據周祖庠《原本《玉篇》零卷音韻》的研究，認爲原本《玉篇》來母兩類尚未分化，並且《切韻》中也不乏混用的情形。

此外，透過又音的觀察，可發現不少力類字與其它聲紐相通的例子，列舉如下：

（1）與唇音聲紐又讀（含本切唇音又讀力類，及本切力類又讀唇音）

A、二讀義同

杓，平交切，又力弔切；窋，普孝切，又力救切；瓣，白莧切，又力見切；

購，亡怨切，又力制切；犛，莫交切，又力之切；卯，莫飽切，又力首切。

B、二讀義異

龐，步公切，又力容切；櫟，力谷、力各二切，又音粕（普各切）。

（2）與舌音聲紐又讀（含本切舌音又讀力類，及本切力類又讀舌音）

A、二讀義同

鯛，力大切，又他達切；汀，他丁切，又盧打切；酈，郎的切，又音躑；徎，力整切，又丈井切；黐，力支切，又丑知切；离，丑支切，又力支切；

禂，除霤切，又力救切。

（3）與牙音聲紐又讀（含本切牙音又讀力類，及本切力類又讀牙音）

　A、二讀義同

惺，力止切，又口回切；摎，力周切，又居由切；膕，力戈切，又古華切；

綸，力旬切，又公頑切；輪，古遜切，又盧本切；闄，吉了切，又力求切；

崚，居力切，又力繩切；蟉，力幽切，又巨糾切；僇，力救切，又居幼切。

B、二讀義異

懍，力荏切，又巨禁切。

（4）與齒音聲紐又讀（含本切齒音又讀力類，及本切力類又讀齒音）

　A、二讀義同

鏨，七昔切，又力宗切；縩，力之切，又仕緇切；鋝，力輟切，又所劣切；

罧，力金切，又所禁切；覼，力計切，又師蟻切；率，山律切，又力出切；

孿，菑患切，又力員切；蚚，蚩亦切，又力的切；櫟，來的切，又舒灼切；

稅，始銳切，又力外切。

B、二讀義異

臉，七廉切，又力減切；厽，力捶切，又七貪切；蠣，所奇切，又力支切。

（5）與喉音聲紐又讀（含本切喉音又讀力類，及本切力類又讀喉音）

　A、二讀義同

釐，力之切，又音禧（許其切）；拹，呂闔切，又虛業切；犂，火之切，又力之切；

漻，胡巧切，又力周切；蚘，力由切，又弋留切；櫟，來的切，又余灼切；

　　溓，里兼、里忝二切，又合鑑切。

　　關於複輔音的研究，林語堂（1933）最早提出了四條研究的途徑，當中第二條便提到了「由字的讀音或借用上推測」，是指藉由材料的又讀及異文，來窺探複輔音的方法。〔註29〕杜其容就曾舉《廣韻》中一字兩讀的情形，如「瀧」，所江切，又讀呂江切；「鷚」，力救切，又讀武彪、莫浮二切等例子，論說複輔音。不過，在使用這類材料時，仍需注意到二讀之間的意義關係的密切程度。其云：「兩讀一義者，……既有別的諧聲可以證明其聲母上原有的密切關係，自然只有說他們原是個複聲母。兩讀二義者，語義上如果有密切關係……，表示兩者仍然同出一源，應視其原為複聲母，……語義上毫無關係，……從語義而言，自非同源，但從語音而言，亦非不可視為複聲母趨簡的結果」，〔註30〕這一類的材料零碎，而不足以為系統之證據，但可引以為佐證，不過，引證時須注意其間語義上的親疏關係，對於複聲母的認知效力，仍有其程度上的差別。我們上列的例子中，又區別「二讀義同」與「二讀義異」兩種，乃是基於這樣的考量。而總的看來，仍以義同者佔多數。

　　當然，這些又讀的例子，還得配合諧聲等材料來看。如果再從諧聲材料來看，來母字與其它聲紐相通的例子就更多了，嚴學宭（1998：139-140）便整理出以下各種類型：$*pl-$（筆：聿）、$*phl-$（品：臨）、$*bl-$（枇：蔶）、$*ml-$（文：吝）、$*tl-$（掄：侖）、$*thl-$（摛：螭）、$*dl-$（襱：龍）、$*nl-$（尼：秜）、$*tsl-$（參：診）、$*tshl-$（僉：廥）、$*sl-$（史：吏）、$*kl-$（虢：寽）、$*khl-$（泣：立）、$*gl-$（夔：龍）、$*ngl-$（樂：濼）、$*xl-$（荔：荔）、$*?l-$（彎：戀），相關的例子還很多，這裡我們只從各類型中取其一說明而已。嚴氏進一步指出，這些例子的特點是「後置輔音的 l 的能量大，它可以跟唇、舌、齒、牙、喉的輔音廣泛配合構成複聲母。」另外，再從聯綿詞、讀若、音訓、異文、古今俗語，都可以找到不少來母與其它輔音構成複聲母的例子，可以說，這套複聲母至今是較為一

〔註29〕林語堂所舉的四條研究複輔音的途徑，除了本文所舉一點外，還有：一、尋求古今俗字中複輔音的遺跡；二、由文字諧聲現象來研究；三、由同族系的語言作比較。此引自丁邦新（1998：70～71）。丁先生進一步認為這幾個途徑中，以諧聲字的材料最為可靠，而現代俗語的推測，則是最不可靠的。

〔註30〕杜說參引自丁邦新（1998：71）。

般人所接受的。

來母的音值較爲單純，因爲在現代方言中的讀法相當一致地念作〔1〕，竺家寧（1993：324）說來母是世界各語言中較普遍而基本的音，中古無疑也是〔1〕，則今本《玉篇》力類的音值應當也是如此。

（二）半齒音

等韻半齒音只有一個日母，只出現在三等的位置，今本《玉篇》如類即相當於此。從本文第二章音節表中，卻有幾個出現在非三等韻的例子，不過，這些都是因爲混切所造成的。這些例子有：

鈉，如（日）盍切，《集韻》諾（泥）荅切；

𪙊，而（日）三切，《廣韻》那（泥）含切；

聃，如（日）甘切，《廣韻》那（泥）含切；

穛，日（日）角切，《廣韻》側（莊）角切；

讘，之（照）涉切，《廣韻》而（日）涉切。

《廣韻》泥日二母，在今本《玉篇》有三個混切例，佔全部如類字共 364 例的百分之一不到，與女類則無一例混切，都充分說明今本《玉篇》奴、女、如三類均各自有穩固的地位。另外，還有其他兩個與齒音混切的例子，從又音的表現也可以知道如類與齒音的關係，所見如：戲，汝羊切，又音息羊切；儴，爾羊切，又音先羊切。其它還有蟯，如消切，又音去消切；蘱，如旃切，又音乎且切，則是與牙喉音的關係。黃侃《音略》對於半齒音的發音法，曾敘述如下：「此（即日母）禪字之餘，非娘字之餘（江永《音學辨微》以爲娘字之餘）也。半齒音，半用舌上，半舌齒間音，亦用鼻之力收之。」（引自林尹《聲韻學通論》「四十一聲類發音表」）看來，這個半齒音似乎牽扯著多個發音部位，這也就莫怪日母的讀音在現代方言中呈現了複雜的面相。

竺家寧（1993：324〜325）歸納了各方言中日母的音值，有念捲舌濁擦音〔ʐ〕、有唸舌尖濁擦音〔z〕、有唸〔1〕、有唸〔Ø〕、有唸〔j〕、其它還有唸〔dz〕、唸〔n〕的。究竟中古日母的音值如何，歷來學者也都有所討論，陳新雄（1990：270）在高本漢的觀點上，做出了以下的結論：

> 日母在上古時期是 n。然後在-ja 類韻前變作ȵ-，如此始可在諧聲系
>
> 統上獲得滿意的解釋。即上古音*nja → ja，後逐漸在ȵ-跟元音間產

生一個滑音（glide），即一種附帶的擦音。跟 ɲ-同部位，即 *ɲja →
ɲᶻja，到切韻時代，這個滑音，日漸明顯，所以日母應該是舌面前
鼻音跟擦音的混合體，就是舌面前的鼻塞擦音（nasal affricative）
nʑ-。nʑʑja 演變成北方話的 ʑja，ɲ-失落了。日本漢音譯作 z-，國語
再變作 i-。南方比較保守，仍保存鼻音 ɲ-。所以在方言中才有讀擦
音跟鼻音的分歧。

上述說法頗能觀照方言的演化情形，因此本文同意陳新雄的說法，將今本《玉
篇》如類的音值擬如〔nʑ〕。

第四章　韻類討論

第一節　韻類之系聯

一、系聯條例及說明

茲列舉反切下字系聯條例及說明如下：

1、依據陳澧系聯《廣韻》反切下字之法，所謂「切語下字與所切之字爲疊韻，則切語上字同用者，互用者，遞用者，韻必同類也。同用者如東德紅切，公古紅切，同用紅字也。互用者如公古紅切，紅戶公切，紅公二字互用也。遞用者如東德紅切，紅戶公切，東字用紅字，紅字用公字也。」

2、今本《玉篇》存在不少「一字重切」的現象，這種現象分別發生在以下三種情況：（1）一字兩見於部首及正字，故有重切。如六十五髟部，部首作比昭切，正文作比聊切；（2）一字重覆收於同部首或不同部首，故有重切。如「刖」字，既出現在舟部，又出現於刀部，音切一作五忽切，一作五骨切；「蝫」字，於虫部兩見，釋義一作「蟲名」，一作「螲蚵」，意義十分相近，可斷爲一字。音切一作呂說切，一作力輟切；（3）一字有或體而被收錄，故有重切，如第二十三人部㑹，遐雅切，「古文夏」，夏，胡假切。陳澧應用一字兩音互注切語，以補救上字因兩兩互用而不得系聯之例。當中所秉持的便是「其同一音之兩切

語上二字聲必同類」的觀念，衡諸今本《玉篇》「一字重切」的情況，正具備類似的性質。既可用以解決上字因兩兩互用而不得系聯的情況，也可處理下字的情況。

3、今本《玉篇》基本上以反切示音，然亦有以直音表現者。本文對直音的處理，乃是直接代換成該表音字之切語，如魚部「鬱」字，音尉，今本《玉篇》「尉」，於貴切，餘者依此類推。然遇今本《玉篇》領字未收錄該表音字的情況時，首先觀察有否注明爲某字之異體，如假攝麻韻開口洪音「鴉」爲切語下字，然今本《玉篇》領字未收，據第三九〇鳥部鴉，「今作鴉」，可知鴉乃鴉之異體字，因此據「鴉」字音切，取於牙切以爲系聯；否則取以原本《玉篇》之音，如虫部蝶，音康，今本《玉篇》領字無「康」，茲據原本《玉篇》作苦廊切。再者，當原本《玉篇》領字亦未收錄時，則據《名義》之音，如酉部「醫」字，音醫，今本《玉篇》領字無「醫」，據《名義》作於其切。而當《名義》領字亦未收錄時，在不得已的情況下，才取以《切韻》系韻書之音切，如乇部「遷」字，採《切三》音作而沼切。

4、韻部最終之分類結果，基本上是依切語下字之系聯與否而定。但是某些訛誤導致的本爲兩類之韻，系聯爲一類的情形，則須進一步視其內部證據而定。如今本《玉篇》黬，於敢切，《名義》烏檻反。從反切系聯來看，檻韻下的三個反切下字似當與敢韻系聯（參見咸攝 14-7 上聲），不過，由於「黬」字下烏敢、烏檻形成又讀，可知敢檻二韻應當是有別的，因此不宜合併。

5、爲呈顯今本《玉篇》切語用字之實際狀況，有別於《廣韻》，本文以下所稱韻目名稱，乃標舉反切用字中切字最多者，並於「韻類系聯」一節括號標注《廣韻》韻目，以利讀者參照。[註1] 據等韻十六攝爲綱，陰聲韻類立爲一節、陽聲韻類及入聲韻類又另立一節。討論順序，一依本文第二章音節表，可參照。

6、以下凡是可以系聯爲一類的各韻，即不再做文字說明。

7、本文對於今本《玉篇》反切下字之分類，分類結果基本上是依《韻鏡》等韻圖之開合洪細劃分，共分爲：開口洪音、開口細音、合口洪音、合口細音四類。

〔註1〕上冊第二章「音節表」作法同此，亦可參看。

二、韻類系聯

（一）陰聲韻類

1、果　攝

（1）果攝 3-1（開口洪音）

平聲　何（歌）

何 88 乎哥　多 31 旦何　河 13 戶柯　波 11 博何　哥 5 古何　柯 5 古何
羅 5 力多　俄 4 我多　他 2 吐何　歌 2 古何　荷 1 賀多　阿 1 烏何
蛾 1 五何　摩 2 莫羅

上聲　可（哿）

可 52 口我　左 6 子可　我 5 五可　哿 1 公可

去聲　賀（箇）

賀 14 何佐　箇 6 古賀　个 6 柯賀　佐 5 子賀　餓 2 五賀

（2）果攝 3-2（開口細音）

平聲　迦（歌）

迦 3 居伽　茄 2 巨迦　伽 1 求迦

（3）果攝 3-3（合口洪音）

平聲　戈（戈）

戈 50 古禾　和 28 胡戈　禾 22 胡戈　訛 3 五戈　科 2 口和

上聲　果（果）

果 93 古禍　火 13 呼果　禍 3 胡果　跛 1 布火

去聲　臥（過）

臥 51 魚過　過 14 古貨　貨 2 呼臥　課 1 枯過

2、假　攝

（1）假攝 3-1（開口洪音）

平聲　加（麻）

加 97 古瑕　牙 22 牛加　瑕 8 胡加　家 8 古牙　遐 6 乎家　巴 2 布加

麻 2 莫加　　芭 1 卜加　　鵶 1 於牙〔註2〕　　　　服 1 古鵶

上聲　下（馬）

△ 下 22 何雅〔註3〕　　　　雅 18 午下　　賈 1 古雅〔註4〕　　　　覐 1 加下

△ 馬 6 莫把　　把 5 百馬　　假 3 居馬

【系聯說明】

「馬」系三字切語原不與「下」系四字系聯，以三字互用之故。然第二十三人部㑹，遐雅切，「古文夏」，胡假切，可知假雅音當一類，則「下」「馬」二系實爲一類。

去聲　嫁（禡）

嫁 28 古訝　　訝 20 魚嫁　　亞 14 於訝　　罵 12 莫霸　　駕 11 格訝

霸 7 布駕〔註5〕　　　　化 6 許罵　　價 4 古訝　　暇 2 何嫁

架 2 古訝〔註6〕　　　　稼 2 古暇　　詐 2 之訝　　夏 1 胡嫁〔註7〕

怕 1 普罵　　乍 1 士嫁

（2）假攝 3-2（開口細音）

平聲　邪（麻）

邪 22 以遮　　遮 14 之蛇　　蛇 5 市遮〔註8〕　　　　嗟 5 則邪　　奢 3 式邪

車 2 尺奢　　斜 2 徐嗟　　賒 1 始遮

上聲　者（馬）

〔註2〕今本《玉篇》領字無「鵶」，第三九○鳥部鴉，於牙切，「今作鵶」，茲據以系聯。

〔註3〕今本《玉篇》「下」有何雅、何稼二切，以所切皆《廣韻》上聲字，茲取何雅切以爲系聯。

〔註4〕今本《玉篇》「賈」，公戶、古雅二切，以所切「踞」字屬《集韻》馬韻，茲取古雅切以爲系聯。

〔註5〕今本《玉篇》「霸」，普白、布駕二切，以所切字皆屬《廣韻》去聲，茲取布駕切以爲系聯。

〔註6〕今本《玉篇》、《名義》領字均無「架」，《王一》《王二》《唐韻》作古訝反，茲取以爲系聯。

〔註7〕今本《玉篇》「夏」，胡假、胡嫁二切，以所切愲字屬《集韻》去聲，茲取布駕切以爲系聯。

〔註8〕今本《玉篇》「蛇」，託何、市遮、弋支三切，以其所切皆《切韻》麻韻平聲字，茲取市遮切以爲系聯。

者 15 之也　野 10 餘者　也 9 余者〔註9〕　　　社 1 市者　寫 1 思也

去聲　夜（禡）

夜 41 余柘　柘 5 之夜　射 3 市柘　謝 1 詞夜　舍 1 舒夜

（3）假攝 3-3（合口洪音）

平聲　瓜（麻）

瓜 32 古華　華 15 呼瓜　花 7 呼瓜　誇 1 口瓜

上聲　瓦（馬）

瓦 25 午寡　寡 4 古瓦

3、遇　攝

（1）遇攝 3-2（開口細音）

平聲　居（魚）

△　余 33 弋諸　諸 23 至如　如 5 仁舒　舒 3 式諸　除 1 直余

△　居 57 舉魚　魚 43 語居　於 43 央閭　閭 11 旅居　餘 9 與居　豬 2 徵居

　　菹 1 側魚

【系聯說明】

「余」系五字切語原不與「居」系諸字系聯，然今本《玉篇》二十三人部仔亦作「婕好」之好，前者與居切，後者以諸切，可知諸居音當一類，則「余」「居」二系實為一類。

上聲　呂（語）

呂 66 良渚　與 61 余舉　舉 20 居與　渚 10 之與　旅 10 力與　語 9 魚巨

煮 6 之與　莒 4 居呂　女 2 尼與　巨 1 渠呂　伫 1 除呂　圉 1 魚舉

距 1 之與　与 1 羊舉　序 1 似呂

去聲　據（御）

據 30 居豫　庶 26 式預　預 12 餘據　御 9 魚據　去 7 羌據　慮 7 力據

恕 6 式據〔註10〕　　　豫 5 弋庶　絮 2 思據　助 1 鉏據　踞 1 記恕

〔註9〕今本《玉篇》「也」，余爾、余者二切，以其所切字皆屬《王一》馬韻字，茲取余者切以為系聯。

〔註10〕今本《玉篇》領字無「恕」，據《王一》《王二》作式據切。

（2）遇攝 3-2（合口洪音）

平聲　胡（模）

胡 134 護徒　乎 44 戶枯　都 24 當烏　姑 15 古胡　孤 15 古乎　徒 14 達胡
吾 9 五都　烏 9 於乎　奴 6 乃都　吳 5 午胡　盧 3 力胡　枯 3 苦胡
呼 2 火胡

上聲　古（姥）

古 103 公戶　戶 26 胡古　魯 10 力古〔註11〕　　　五 7 吳古　扈 3 胡古
補 3 布古　覩 3 都扈　土 2 他戶　伍 2 吳魯　午 1 吳古　杜 1 徒古
母 1 莫厚〔註12〕

去聲　故（暮）

故 114 古暮　護 12 胡故　布 12 本故　路 9 呂故　固 4 古護　暮 2 謨故
兔 1 他故　悟 1 魚故　渡 1 徒故　誤 1 牛故　顧 1 古布

（3）遇攝 3-3（合口細音）

平聲　俱（虞）

俱 140 矩俞　于 57 禹俱　朱 55 之瑜　娛 20 魚俱　無 17 武于　俞 16 弋朱
珠 8 之俞　虞 8 牛俱　夫 8 甫俱　與 6 欲朱　愚 6 魚俱　殊 5 時朱
瑜 3 弋朱　拘 3 矩娛　儒 2 如俱　隅 2 牛俱　扶 2 防無　迂 2 羽俱
孚 1 撫俱　吁 1 盧于　紆 1 於于　邾 1 中廚　符 1 父于　須 1 思臾
廚 1 直朱　殳 1 時殊　樞 1 齒朱　趨 1 且俞　劬 1 渠俱　駒 1 九于

上聲　禹（麌）

△ 主 32 之乳　庾 11 俞主　縷 7 力主　乳 5 如庾　柱 2 雉縷　豎 1 殊主
△ 禹 33 于矩　甫 30 方禹　矩 20 拘羽　武 12 亡禹　羽 10 于詡　宇 6 于甫
　斧 4 方禹　府 2 方禹　父 1 扶甫　詡 1 況甫　翊 1 盧甫　輔 1 扶禹

【系聯說明】

「主」系五字切語原不與「禹」系諸字系聯，然今本《玉篇》一七四禾部
㮦，「今作棋」，前者居庾切，後者俱禹切，可知庾禹音當一類；又二四六斗部
斜，「今作庾」，前者余甫切，後者俞主切，可知庾甫音當一類，則「主」「禹」

〔註11〕今本《玉篇》領字無「魯」，據《名義》作力古切。
〔註12〕今本《玉篇》領字無「母」，據《廣韻》作莫厚切。

二系實爲一類。

去聲　句（遇）

句 47 九遇〔註13〕	遇 23 娛句	具 12 渠句	付 10 方務	注 10 之裕
喻 9 俞句　樹 5 時注	戍 4 舒樹	務 4 亡句	裕 4 瑜句	屨 3 良遇
賦 3 方務　孺 2 如喻	住 2 雉具	芋 1 王遇〔註14〕		附 1 扶付
禺 1 牛具　諭 1 楊樹	計 1 芳付			

4、蟹　攝

（1）蟹攝 12-1（開口洪音）

平聲　來（哈）

來 72 力該	才 34 在來	哀 17 烏來	該 9 古來	臺 5 徒來	垓 4 古苔
台 3 他來〔註15〕		開 3 口垓　材 1 昨來	苔 1 徒來	埃 1 烏來

上聲　改（海）

改 33 公亥	亥 13 何改	宰 5 子殆	在 5 存改	海 4 呼改	乃 4 奴改
愷 3 空改	采 2 且在	怠 2 徒改　殆 1 徒改			

去聲　代（代）

代 52 達賚	載 20 子代	戴 8 多代	愛 7 烏代	賚 5 力代	漑 3 柯賚
慨 3 可載	耐 2 奴代	再 1 子代	岱 1 徒載	礙 1 五代	

（2）蟹攝 12-2（合口洪音）

平聲　回（灰）

回 129 胡瑰	雷 17 力回	迴 7 胡雷	恢 7 苦回	杯 6 博回	灰 5 呼回
梅 5 莫回	瑰 4 古回	堆 3 都回	隈 2 烏回	桮 1 博回	搥 1 丁回
裴 1 步回	魁 1 口回	傀 1 力回	磓 1 都回	柸 1 博回〔註16〕	

〔註13〕今本《玉篇》「句」，古侯、九遇、古候三切，以「句」爲切語下字之大部分字，
　　　　如具喻務懼……等字，多屬《王二》遇韻，茲取九遇切以爲系聯。

〔註14〕今本《玉篇》「芋」，或虞、王遇二切，以所切屨字屬《王二》去聲，茲取王遇切
　　　　以爲系聯。

〔註15〕今本《玉篇》「台」，與時切，又音胎（他來切），以所切如萊、峐等字均屬《切三》
　　　　哈韻，茲取他來切以爲系聯。

〔註16〕今本《玉篇》領字無「柸」，此字當爲「杯」字增添筆畫之後的訛俗字體。

上聲　罪（賄）

罪　77 祚隗　　賄　3 呼罪　　隗　3 午罪　　猥　2 於隗　　磊　1 力罪

去聲　對（隊）

對　56 都内　　內　19 奴對　　潰　13 胡對　　憒　6 公對　　佩　6 蒲對　　背　5 補對

妹　3 莫背　　退　2 他潰　　悔　2 呼對　　輩　2 布妹　　昧　1 莫潰〔註17〕

塊　1 口潰　　晦　1 呼潰　　隊　1 徒對〔註18〕　　　　　　耒　1 力隊　　沬　1 火内

纇　1 盧對〔註19〕

（3）蟹攝 12-3（開口洪音）

去聲　蓋（泰）

蓋　42 故大　　大　22 達賴　　賴　18 里大〔註20〕　　　　　泰　5 託賴　　太　4 他大

害　3 何賴　　帶　3 多大　　艾　2 五大　　藹　1 於害

（4）蟹攝 12-4（合口洪音）

去聲　外（泰）

外　50 午會　　會　22 胡外　　貝　4 布外　　最　1 子會　　檜　1 古會　　兌　1 徒外

（5）蟹攝 12-5（開口洪音）

平聲　皆（皆）

△　皆　37 柯諧〔註21〕　　　　街　12 古膎〔註22〕　　　　骸　1 何皆　　揩　1 可皆

鞋　1 胡街

△　諧　14 胡階　　階　3 古諧　　埋　1 莫階

〔註17〕今本《玉篇》「昧」有莫割、莫蓋、莫潰三切，以所切如巂字屬《王一》隊韻，茲取莫潰切以爲系聯。

〔註18〕今本《玉篇》「隊」，池類、徒對二切，以所切字「悔」之異體作「𢙢」，呼憒切，茲取徒對切以爲系聯。

〔註19〕今本《玉篇》領字無「纇」，《唐韻》盧對反，茲取以爲系聯。

〔註20〕今本《玉篇》、《名義》領首字均無「賴」，然木部藾，且賴切，「古文蔡」，蔡，且蓋切，可知賴與蓋當爲一類。茲據《王二》作里大切以爲系聯。

〔註21〕今本《玉篇》領字無「皆」，據《名義》作柯諧切。

〔註22〕今本《玉篇》「街」作古暌切，《名義》作柯崖反，《廣韻》有古膎、古諧二切，疑今本《玉篇》暌字乃膎字之誤。

【系聯說明】

　　「皆」系五字切語原不與「階」系三字系聯，然今本《玉篇》龠部「䶨」，胡皆切，「今作諧」，可知階皆音當一類，則「皆」「階」二系實爲一類。

上聲　駭（駭）

駭 9 胡駭　　楷 1 口駭　　騃 1 午駭

去聲　拜（怪）

拜 21 保界〔註23〕　　介 20 居薤　　薤 19 胡戒　　界 12 耕薤　　戒 7 居薤

邁 9 莫芥　　芥 5 假拜　　敗 1 步邁

（6）蟹攝 12-6（合口洪音）

平聲　乖（皆）

乖 21 古懷　　懷 6 胡乖　　淮 5 胡乖

去聲　怪（怪）

怪 16 古壞　　壞 7 胡怪　　誡 1 居拜　　械 1 亥誡　　勱 1 胡怪

（7）蟹攝 12-7（開口洪音）

平聲　佳（佳）

佳 34 革崖　　崖 5 牛佳　　媧 5 古娃　　蛙 5 胡媧　　娃 3 烏佳　　鼃 1 胡媧

上聲　買（蟹）

買 26 亡蟹　　解 13 諧買　　蟹 2 諧買

去聲　賣（卦）

△ 賣 24 麥卦〔註24〕　　卦 12 古賣　　懈 8 古賣　　畫 1 胡卦　　話 1 胡卦

△ 夬 8 公快　　快 5 苦夬

【系聯說明】

　　「賣」系諸字與「夬」系二字切語下字本不系聯，然舌部舙，「古文話」，前者胡快切，後者胡卦切，可知快卦二字音當一類，則「畫」「夬」二系實爲一類。

〔註23〕今本《玉篇》領字無「拜」，《名義》作保界反，茲據以系聯。

〔註24〕今本《玉篇》領字無「賣」，然第四六一出部「𧶠」字，麥卦切，「今作賣」，茲取以爲系聯。

（8）蟹攝 12-8（開口細音）

去聲　世（祭）

△　世 60 尸制　　制 37 之世　　例 25 力世　　厲 13 力世　　逝 8 視制　　劂 7 居厲

　　裔 4 余制　　祭 3 子滯　　際 3 子例　　滯 2 直厲　　誓 2 時世

　　藝 1 魚世〔註25〕

△　勢 15 舒曳　　曳 6 弋勢

【系聯說明】

「勢」系二字切語原不與「世」系諸字系聯，然今本《玉篇》咄、詍、桝之異體字分別作哾、誜、梲看來，世、曳二字之聲音關係當十分密切，則「世」「勢」二系實爲一類。

（9）蟹攝 12-9（合口細音）

去聲　芮（祭）

芮 29 而銳　　稅 5 尸銳　　銳 3 弋稅〔註26〕　　　　　贅 2 之銳　　袂 2 彌銳

（10）蟹攝 12-10（合口細音）

去聲　吠（廢）

吠 15 扶廢　　廢 7 方吠　　穢 7 於吠　　衛 7 章穢　　肺 2 芳吠　　綴 2 知衛

乂 1 魚廢　　劌 2 居衛

（11）蟹攝 12-11（開口細音）

平聲　兮（齊）

兮 113 胡雞　　奚 66 下雞　　雞 28 結兮　　迷 16 莫雞　　低 5 丁泥　　犁 5 力兮

題 3 達兮　　西 3 先兮　　倪 2 魚雞　　溪 2 口兮　　啼 2 達兮

稽 2 古奚〔註27〕　　　　　黎 2 力兮　　嵇 1 戶雞　　隄 1 丁兮　　鞮 1 丁奚

上聲　禮（薺）

〔註25〕今本《玉篇》領字無「藝」，原本《玉篇》作魚世反，茲採以爲系聯。

〔註26〕今本《玉篇》「銳」，徒會、弋稅二切，以所切諸字如芮稅蛻贅等，均屬《唐韻》祭韻，茲取弋稅切以爲系聯。

〔註27〕今本《玉篇》領字無「稽」，以稽所切「梲」字作魚稽切，又梲字同於「鞔」字，鞔作五兮切，知稽當與兮一類。

禮　87 力底　　啓　14 口禮　　弟　8 大禮　　米　8 莫禮　　底　6 丁禮　　體　2 他禮

邸　1 都禮

去聲　計（霽）

計　176 居詣　　細　12 思計　　詣　11 魚計　　戾　8 力計　　帝　7 丁計　　悌　7 徒計

麗　4 力計　　濟　3 子計　　閉　2 必計　　替　2 吐麗　　第　2 徒計　　系　1 下計

（12）蟹攝 12-12（合口細音）

平聲　圭（齊）

圭　35 古畦　　攜　17 戶圭　　畦　4 胡圭

去聲　桂（霽）

桂　20 古惠　　惠　17 玄桂　　歲　7 思惠

5、止　攝

（1）止攝 6-1（開口細音）

平聲　支（支）

△ 支　118 章移　　移　99 余支　　規　29 癸支　　知　26 豬移　　茲　15 子支　　垂　13 時規

　離　10 力知　　思　6 息茲　　彌　5 亡支　　离　5 丑支　　觜　4 子离　　兒　3 如支

　祇　3 巨支　　卑　2 補支　　枝　2 之移　　斯　2 思移　　詞　2 似茲　　司　2 胥茲

　敧　1 丘知　　吹　1 齒規　　施　1 舒移　　匙　1 上支　　堤　1 常支　　箄　1 必匙

　姿　1 子思

△ 奇　41 竭羈　　宜　38 魚奇　　皮　24 被奇　　羈　7 居猗　　儀　4 語奇　　猗　3 於宜

　碑　3 彼皮　　箕　3 居宜　　陂　1 彼皮　　崎　1 去奇　　義　1 虛奇　　羇　1 居宜

【系聯說明】

「支」系以下諸字切語原不與「奇」系諸字系聯，然今本《玉篇》虒，「亦作池」，前者除奇切，後者除知切，可知奇、知二字音當同類，則「支」「奇」二系實為一類。

上聲　爾（紙）

爾　53 如紙　　紙　28 支氏　　是　12 於紙　　婢　10 步弭　　氏　8 承紙　　弭　8 亡尒

尒　6 而紙　　此　5 七爾　　紫　5 子爾　　俾　2 必弭　　豕　1 式爾

去聲　豉（寘）

△ 跂 28 市貢　寄 15 居義　義 13 魚寄　翅 4 升跂　智 4 知義〔註28〕

　　寘 2 支義　貴 1 彼寄　詈 1 力翅　髲 1 皮寄　企 1 去智

△ 賜 11 思漬　漬 9 疾賜

【系聯說明】

「跂」系諸字切語原不與「賜」系系聯，然今本《玉篇》眥、殨二字互爲異體，前者前賜切，後者慈詈切，可知賜、詈二字音當同類，則「跂」「賜」二系實爲一類。

（2）止攝 6-2（合口細音）

平聲　嬀（支）

　　嬀 42 矩爲　爲 31 于嬀　危 7 牛爲　觤 2 去爲　羸 1 力爲

　　糜 1 靡爲〔註29〕

上聲　委（紙）

△ 委 36 於詭　詭 14 懼毀　累 12 力捶〔註30〕　　毀 11 靡詭

　　捶 6 諸蘂〔註31〕　　　眥 5 子累〔註32〕　　　箠 3 之蘂　蘂 3 如棰

　　棰 2 之蘂　纍 1 力棰〔註33〕

△ 彼 24 補靡　靡 2 眉彼　被 1 皮彼

〔註28〕今本《玉篇》及《名義》領字皆無「智」，《王一》《王二》皆作知義反，茲據以系聯。

〔註29〕今本《玉篇》及《名義》領字均無「糜」，《廣韻》及《切韻》各本均作靡爲切，茲取以爲系聯。

〔註30〕今本《玉篇》「累」，力佳、力僞、力棰三切，以累字所切皆屬《廣韻》紙韻，茲取力棰切以爲系聯。

〔註31〕今本《玉篇》領字無「棰」，據《名義》作之蘂切。又《名義》中凡以蘂爲切語下字者，如董，時蘂反、捶，諸蘂反，今本《玉篇》皆以蘂字代之，故棰與捶諸字當可系聯爲一類。

〔註32〕今本《玉篇》「眥」，子移、子鬼二切，其子鬼切恐爲子累切之誤作，或可視爲旨紙二韻之混用，不過，第五十六口部𠿚，「或作眥」，即作子累切。此外，今本《玉篇》䜺，相眥切，「與髓同」，髓，先委切，亦可證眥與委音同類，《切三》作即委反。又今本《玉篇》眥所切字均屬上聲，茲取子累切以爲系聯。

〔註33〕今本《玉篇》「纍」，力佳、力僞、力棰三切，以纍字所切「蘂」字屬《廣韻》紙韻，茲取力棰切以爲系聯。

【系聯說明】

「委」系諸字切語原不與「彼」系系聯，然今本《玉篇》鮠，嬀彼切，「或作鞁」，鞁，居委切，可知彼、委二字音當同類，則「委」「彼」二系實爲一類。

去聲　恚（寘）

恚 7 於睡　　睡 7 殊恚　　瑞 4 市恚　　惴 3 之睡

（3）止攝 6-3（開口細音）

平聲　之（之）

△ 脂 54 之伊　　飢 28 几夷　　悲 28 筆眉　　夷 20 弋脂　　尸 13 式脂　　資 10 子夷

　　眉 9 莫飢　　私 6 息夷　　伊 2 於脂　　尼 2 女飢　　師 2 所飢　　丕 1 普邳

　　邳 1 蒲悲　　絲 1 先資

△ 之 133 止貽　　其 29 巨之　　咨 28 子祇　　梨 17 力之　　疑 10 魚其　　時 8 市之

　　辭 6 以咨　　而 5 人之　　祇 3 諸時　　緇 3 側其　　貽 2 弋之　　怡 1 翼之

　　淄 1 仄其　　詩 1 舒之　　慈 1 疾之　　碁 1 巨之　　熙 1 火疑　　貍 1 力之

　　釐 1 力之　　棃 1 力之　　辝 1 似咨

△ 基 21 居期　　期 2 巨基

【系聯說明】

「脂」系諸字切語原不與「之」系諸字系聯，然今本《玉篇》五十六口部呎，許梨切，「亦作屎」，屎，許夷切，可知梨夷音同類，則「脂」「之」二系實爲一類。又「基」系二字原不與尸之二系系聯，然今本《玉篇》八十一肉部臂，直基切，「古治字」，治，除之切，可知之基二字音同，則「基」「脂」「之」三系實爲一類。

上聲　里（止）

△ 里 41 力擬　　倚 23 於擬　　理 15 力紀　　紀 14 居擬　　子 10 居喜　　耳 10 如始

　　蟻 8 宜倚　　擬 7 魚理　　視 7 時止　　己 7 居喜　　似 6 祥里　　始 6 式子

　　旨 5 支耳　　姊 5 將仕　　滓 4 壯里　　喜 4 欣里　　起 3 丘紀　　已 3 徐里

　　李 3 力子　　已 3 羊己　　雉 3 直理　　指 2 諸視　　杞 2 袪己　　仕 2 助理

　　死 1 息姊　　矢 1 尸視

△ 綺 22 袪技　　技 1 渠綺

△ 几 27 居履　　履 8 力几　　士 3 事几　　史 2 所几　　矣 1 諧几

△ 止 16 之市　　以 16 余止　　市 8 時止　　改 2 余止　　比 2 必以

【系聯說明】

「綺」系二字以兩兩互用之故，不與他字系聯，然今本《玉篇》屣，所倚切，「亦作鞭」，鞭，所綺切，則倚、綺音當同類，則「綺」系實可與「里」系系聯。「士」系諸字切語原不與「里」系系聯，然今本《玉篇》黹，「或作褚」，前者丁雉切，後者竹几切，可知雉、几音同類；竢，「亦作俟」，前者事紀切，後者床史切，可知紀、史音當一類；几，「亦作机」，前者居履切，後者飢雉切，可知雉、履音當一類，則「几」「里」二系當可系聯爲一類。又「止」系原不與它系系聯，然今本《玉篇》第一五七木部「桸」，「亦作耜」，前者祥里切，後者詳以切，可知里、以二字音當同類；第四十八目部「眂」，時旨切，「古文視」，視，時止切，可知旨、止二字音當同類，則「止」系實與上列各系一類。

去聲 利（志）

利	101 力至	吏	31 力致	志	30 之吏	記	24 居意	冀	21 居致	祕	20 悲冀
既	20 居毅	致	20 陟利	氣	16 去既	二	12 而至	器	9 袪記	至	5 之異
覬	5 羈致	異	5 餘志	示	4 時至	恣	4 子利	備	4 皮祕		
祕	4 悲冀〔註34〕			媚	4 明秘	餌	4 如至	忌	4 渠記	毅	4 魚記
地	2 題利	次	2 且吏	廁	2 測吏	意	2 於記	臂	2 補致	四	2 思利
貳	1 而志	事	1 仕廁	寐	1 彌冀	侍	1 時至	避	1 婢致	置	1 竹利

（4）止攝6-4（合口細音）

平聲 追（之）

△	追	33 株佳	佳	24 之惟	惟	20 弋佳	維	8 翼佳	葵	3 渠追	雖	3 息葵
	隨	3 辭惟	錐	1 之惟	遺	1 余佳						
△	唯	7 俞誰	誰	6 是推	推	3 出唯						

【系聯說明】

「唯」系切語原不與「追」系系聯，然今本《玉篇》第一二四夊部「夊」，思佳切，「今作綏」，綏，先唯切；又第三十五女部「婑」，思惟切，「古文綏」，可知佳、唯、惟三字音同，則「追」「唯」二系實爲一類。

〔註34〕今本《玉篇》及《名義》領字均無「秘」，然今本《玉篇》軷，皮祕切，原本《玉篇》皮秘反，可知祕秘二字音同。又《廣韻》「祕」字下注云「俗作秘」，是亦可證。

上聲　水（止）

水 22 尸癸　　癸 11 古揆　　揆 4 渠癸　　諫 2 力水　　壘 1 力癸

去聲　季（至）

季 19 居悸　　淚 4 力季　　悸 3 其季

（5）止攝 6-5（開口細音）

平聲　衣（微）

衣 33 於祈　　希 10 許衣　　依 7 於祈　　祈 6 巨衣　　幾 4 居衣　　沂 2 魚衣

畿 1 渠依　　機 1 居衣　　薊 1 居衣

上聲　豈（尾）

豈 8 羌顗　　顗 2 牛豈　　蟣 1 居豈　　扆 1 於蟣

（6）止攝 6-6（合口細音）

平聲　非（微）

非 38 方違　　韋 18 于非　　歸 16 居暉　　違 7 于威　　微 4 無非

龜 4 居逵〔註35〕　　　　肥 3 扶非　　威 3 於違　　逵 2 奇歸

菲 1 芳肥〔註36〕　　　　暉 1 呼韋

上聲　鬼（尾）

△ 美 12 亡鄙　　鄙 9 補美　　軌 6 居美　　洧 6 爲軌　　否 1 蒲鄙

△ 鬼 30 居尾　　尾 14 無匪　　匪 13 甫尾　　鮪 6 爲　　偉 1 于鬼

【系聯說明】

「美」「鬼」二系切語下字原不系聯，然實爲一類。今本《玉篇》第一二〇行部「衎」、第一二七辵部「迄」，都是「古文軌字」，切語均作古鮪切，可知軌、鮪二字音當同類。

去聲　貴（未）

貴 44 居謂　　醉 30 子遂　　爲 21 魚貴　　類 17 律位　　位 16 于爲　　沸 16 方味

味 15 武沸　　遂 10 辭類　　未 10 亡貴　　愧 8 居位　　畏 8 禹貴　　謂 6 禹沸

〔註35〕李榮《切韻音系》逵、龜二字屬脂韻合口重紐 B 類。

〔註36〕今本《玉篇》第一六二艸部「菲」，有孚尾、芳肥、父未三切，而菲所切妃字，《廣韻》有平、去二聲（今本《玉篇》妃又音配），茲採芳肥切以爲系聯。

胃 5 禹貴　誄 4 呼續　魏 1 魚貴　萃 1 疾醉　繢 1 丘謂〔註37〕

【系聯說明】

位萃愧遂醉類諸字，在《廣韻》中本屬至韻合口，今本《玉篇》中依下字之系聯，則與未韻合口一類。此外，今本《玉篇》第四二三革部「韢」，「亦作韊」，韢，巨位切，韊，巨貴切，《集韻》韢、韊二字亦爲異體字，更可證位、貴音當同類。

6、效　攝

（1）效攝 4-1（開口洪音）

平聲　刀（豪）

刀 125 都高　高 47 古刀　勞 37 力刀　牢 6 來刀　豪 4 戶刀　遭 3 祖勞

袍 2 薄褒　蒿 2 呼豪　褒 2 布刀　糟 2 子刀　毛 2 莫刀　桃 1 達高

毫 1 胡刀　熬 1 五高　憍 1 居高　佅 1 古勞〔註38〕　　　　號 1 胡高

上聲　老（皓）

老 68 力道　道 49 徒老　倒 10 丁老　皓 6 胡老　好 2 呼道　保 2 補道

浩 2 胡道　擣 2 丁道　暠 2 古老　抱 1 薄保　造 1 徂皓　槀 1 苦道

去聲　到（號）

到 81 多報　報 25 博耗〔註39〕　　　告 10 公号　号 2 胡到　竈 1 子到

悼 1 徒到　導 1 徒到

（2）效攝 4-2（開口洪音）

平聲　交（肴）

交 151 古肴　爻 13 戶交　包 10 布交　茅 4 亡交　肴 3 戶交　苞 3 博交

庖 1 步交　咬 1 古肴

上聲　巧（巧）

巧 22 口卯　絞 13 古卯　卯 12 亡絞　狡 10 古卯　飽 2 補狡　鮑 1 步巧

齩 1 五狡

〔註37〕《王一》《王二》《唐韻》誄、繢二字，皆屬隊韻字，原本《玉篇》作胡憒反，亦屬隊韻。

〔註38〕今本《玉篇》及《名義》領字皆無「佅」，《王一》古勞反，茲據以系聯。

〔註39〕今本《玉篇》領字無「報」，《王一》《王二》《唐韻》皆作博耗反，茲取以爲系聯。

去聲　孝（效）

孝 35 呼效　教 31 居孝　效 9 胡教　校 8 胡教　皃 5 茅教

（3）效攝 4-3（開口細音）

平聲　遙（宵）

遙 41 翼昭　招 33 諸遙　姚 23 俞招　消 21 思遙　驕 17 几妖　焦 16 子姚
嬌 10 居搖　朝 8 知驕　饒 7 如燒　妖 6 乙嬌　苗 6 靡驕　喬 5 巨嬌
燒 5 尸遙　宵 4 思搖　搖 3 餘昭　橋 2 巨驕　樵 1 昨焦
燋 1 子消〔註 40〕　　儦 1 彼鴉　嚻 1 許朝　鴞 1 爲驕〔註 41〕
膋 1 於消

上聲　小（小）

小 47 思悄　沼 18 支紹　表 15 碑矯　矯 15 几兆　紹 11 市沼　兆 5 除矯
少 4 尸沼　眇 4 彌紹　夭 3 於矯〔註 42〕　　悄 2 七小　繞 1 而小
邆 1 而沼〔註 43〕

去聲　照（笑）

照 21 之曜　召 20 馳廟　妙 17 彌照　肖 8 先醮　曜 8 余照　笑 5 思曜
廟 4 靡召　劭 2 上召　醮 2 子肖　詔 1 諸曜　誚 1 才妙　要 1 於笑

（4）效攝 4-4（開口細音）

平聲　幺（蕭）

幺 63 於條　彫 27 東堯　堯 23 五彫　聊 19 力彫　條 10 徒彫　凋 7 丁聊
蕭 3 蘇條　遼 2 力條　調 2 徒聊　雕 1 丁幺　迢 1 徒遼

上聲　了（篠）

了 50 力鳥　鳥 21 丁了　皎 13 公鳥　曉 2 火了　朓 1 敕了

去聲　弔（嘯）

〔註 40〕今本《玉篇》火部「燋」，音子藥、子消二切，以所切焇字屬平聲，茲取子消切以
　　　　爲系聯。

〔註 41〕今本《玉篇》領首字無「鴞」，《名義》作爲驕反，茲取以爲系聯。

〔註 42〕今本《玉篇》夭部「夭」，音倚苗、於嬌二切，以所切孂、譑、矯皆上聲字，茲取
　　　　於嬌切以爲系聯。

〔註 43〕今本《玉篇》領字無「邆」，《廣韻》而沼切，茲取以爲系聯。

弔 53 丁叫　叫 11 古弔　嘯 1 蘇弔　料 1 力弔

7、流　攝

（1）流攝 2-1（開口洪音）

平聲　侯（侯）

侯	溝	鉤	兜	婁
142 胡鉤	23 古侯	14 古侯	4 當侯	4 力侯
侔		句	樓	
2 亡侯〔註44〕		1 古侯	1 落侯	

上聲　口（厚）

口	后	後	苟	走
56 苦苟	27 胡口〔註45〕	15 胡苟	14 公后	10 子后
垢	厚	偶	部	狗	斗
7 古偶	6 胡苟	2 吾苟	2 傍口	2 古后	1 丁口

去聲　候（候）

候	豆	遘	奏	漏	姤
59 胡遘	40 徒鬬	20 古候	4 子漏	4 力豆	2 古候
寇	透	構	鬬		
2 口候	2 他候	1 古候	1 都豆		

（2）流攝 2-2（開口細音）

平聲　由（尤）

由	周	流	尤	牛	鳩
96 弋州	92 諸由	53 呂州	49 于留	46 魚留	22 九牛
求	幽	州	虯	舟	游
16 渠留	13 伊虯	9 止由	9 奇樛	8 之由	6 以周
丘	浮	秋	休	遊	樛
6 去留	5 扶尤	4 且周	3 盧鳩	3 余周	3 居秋
彪	稠	愁	悠	脩	謀
2 悲虯	2 直留	1 仕尤	1 弋周	1 息流	1 莫浮
洲	鄒	訓	柔		
1 之由	1 仄牛	1 時遊	1 如周		

上聲　九（有）

△ 九	久	柳	有	負	酒
65 居有	34 居柳	14 力酒	12 于久	7 浮九	6 咨有
糾	丑	缶			
2 除柳	1 敕久	1 方負			
△ 酉	受	帚	手	誘	首
25 弋帚	5 時酉	5 之酉	3 舒酉	2 余手	1 舒酉
△ 糾	黝				
7 居黝	4 於糾				

〔註44〕今本《玉篇》第三五八牛部「侔」，亡侯切，《廣韻》莫浮切。據本文之觀察，《廣韻》尤韻明母，如侔、眸、侔、矛、蟊、蝥、鍪、蛑、鶜等，從矛聲或從牟聲諸字，今本《玉篇》均以侯韻切之，可知《廣韻》尤韻明母字，在今本《玉篇》已大部分轉爲侯韻。則侔字實當與侯韻系聯爲一類。

〔註45〕今本《玉篇》頜字無「后」，《切三》《王一》《王二》皆胡口反，茲取以爲系聯。

【系聯說明】

「酉」系諸字切語原不與「九」系諸字系聯，然今本《玉篇》帚，炙久切，「俗帚字」，帚，之酉切。可知久、酉二字音當同類，則「九」「酉」二系爲一類。「糾」系二字切語下字雖不與「九」「酉」二系系聯，然因《廣韻》幽、尤二韻系，在今本《玉篇》中的混用比率偏高（參見第二節「韻類討論」），並且二韻系之平聲切語又能夠系聯爲一類，因此本文將之併入九韻。去聲的情況同此。

去聲　救（宥）

△　救 77居又　又 58有救　霤 7力救　祐 4于救　富 4甫霤
呪 4職救〔註46〕　宙 3于救　售 2視祐　舊 1巨又　授 1時霤
皐 1〔註47〕

△　宥 7禹究　究 4居宥

△　幼 8伊謬　謬 1靡幼

【系聯說明】

「宥」系二字原不與「救」系以下諸字系聯，然今本《王篇》宙，除霤切，「或爲伷」，伷，直宥切，可知霤、宥音當同類，則「救」「宥」二系實爲一類。而「幼」系之情況同於上聲。

（二）陽聲韻類及入聲韻類

1、咸　攝

（1）咸攝 14-1（開口洪音）

平聲　含（覃）

含 87戶耽　耽 20丁含　南 11奴含　男 9奴含　貪 9他含　函 2胡耽
潭 1徒耽　諳 烏含

上聲　感（感）

感 87古坎　坎 7苦感　禫 7徒感

去聲　紺（勘）

紺 28古憾　暗 3於紺　憾 1胡紺

〔註46〕今本《玉篇》領字無「呪」，《王一》《王二》《唐韻》皆職救反，茲取以爲系聯。

〔註47〕「皐」字，各本皆無，故切語闕如。以所切「嗳」字，《王一》《王二》《唐韻》皆歸宥韻，故本文仍置於宥韻之下。

（2）咸攝 14-2（開口洪音）

入聲　合（合）

合 100 胡荅　荅 40 都合　帀 10 子合　沓 3 徒荅　閤 2 公荅　雜 1 徂沓
納 1 奴荅　匝 1 子合〔註 48〕

（3）咸攝 14-3（開口洪音）

平聲　甘（談）

甘 66 古藍　三 8 思甘　藍 8 力甘　甜 5 胡甘　談 3 徒甘

上聲　敢（敢）

敢 53 古膽　膽 7 都敢　覽 3 力敢　淡 2 徒敢

去聲　濫（闞）

濫 14 盧瞰〔註 49〕　暫 9 才濫　啗 2 達濫　蹔 1 徂濫　瞰 1 苦暫

（4）咸攝 14-4（開口洪音）

入聲　盍（盍）

盍 57 胡臘　臘 22 來盍　闔 11 戶臘　蠟 9 力闔　塔 1 他盍　榼 1 苦闔

（5）咸攝 14-5（開口洪音）

上聲　減（賺）

減 20 佳斬　斬 9 俎減　湛 1 直斬

去聲　陷（陷）

陷 12 乎監　監 11 公陷

（6）咸攝 14-6（開口洪音）

入聲　洽（洽）

洽 66 胡夾　夾　古洽

（7）咸攝 14-7（開口洪音）

平聲　咸（銜）

〔註 48〕即帀字。

〔註 49〕今本《玉篇》頜字無「濫」，《王一》《王二》《唐韻》盧瞰反，茲取以爲系聯。

咸 48 胡讒〔註 50〕　　銜 22 下監　緘 9 古咸　衫 8 所銜　監 7 公衫

讒 6 士銜　巖 5 午衫　杉 2 所咸　嵒 1 宜咸

上聲　檻（檻）

檻 6 下黤　黤 4 烏檻〔註 51〕　　黯 3 於敢〔註 52〕

去聲　鑑（鑑）

鑑 7 古懺　懺 6 楚鑒〔註 53〕　　鑒 4 古懺

（8）咸攝 14-8（開口洪音）

入聲　甲（狎）

甲 41 古狎　狎 13 下甲

（9）咸攝 14-9（開口細音）

平聲　廉（鹽）

△ 占 35 之鹽　鹽 14 弋占　炎 13 于詹　淹 5 於炎　詹 5 之鹽　閻 1 余占

△ 廉 89 力霑　瞻 6 諸廉　尖 2 子廉　沾 2 知廉　霑 2 知廉　纖 1 思廉

【系聯說明】

　　「占」系六字切語與「廉」系六字之切語互不系聯，然今本《玉篇》第二二六鹽部「鹽」，弋占切，《名義》作餘瞻反，可知今本《玉篇》占、瞻二字音當同類，則「占」「廉」二系實爲一類。

　　上聲　檢（琰）

△ 冉 25 而琰　斂 14 力冉　琰 8 弋冉　染 2 如琰　漸 2 慈斂　閃 2 式斂

〔註 50〕今本《玉篇》「礷」，五咸切，「亦作巖」，巖，午衫切，可知咸、衫二字音當同類，亦可證今本《玉篇》將《廣韻》咸、銜二韻系聯爲一類之有據。

〔註 51〕今本《玉篇》第三二九黑部「黤」，烏敢、烏檻二切，以所切黤黮黪等字皆《王二》檻韻字，茲取烏檻切以爲系聯。

〔註 52〕今本《玉篇》第三二九黑部「黯」，於敢切，《名義》烏檻反。從反切系聯來看，檻韻下的三個反切下字似當與敢韻系聯，不過，如黤字下烏敢、烏檻二切爲又讀，可知敢檻二韻是有分別的，因此不宜合併。或許「於敢切」的敢字是個誤字，但須要進一步查證，在此我們至多只能視爲敢檻二字的偶然混用。

〔註 53〕今本《玉篇》領字無「懺」字，《名義》亦無，《王一》《王二》《唐韻》皆楚鑑反，茲取以爲系聯。

　　撿　1良冉　　剡　1以冉

△　檢　34居儉　　儉　7渠儼　　儼　2宜檢　　奄　1倚檢

【系聯說明】

　　「冉」系八字與「檢」系四字切語雖不系聯，然實爲一類。如《廣韻》漸、
醬二字爲同音字，今本《玉篇》第五三九酉部「醬」，昨冉切，可知冉、漸音當
同類。又如今本《玉篇》第三四七广部「广」，宜檢切，《名義》作魚冉反；第
二七○支部「斂」，力冉切，《名義》作力儉反，可知冉與檢、儉爲一類。凡此
可證「冉」「檢」二系實爲一類。

　　去聲　豔（豔）

△　豔　16弋贍　　贍　7市豔　　焰　2臉贍　　殮　1力贍

△　驗　5牛窆　　窆　1保驗

【系聯說明】

　　「驗」系二字與「豔」系以下四字實爲一類，其切語所以不能系聯，乃
因窆、驗二字互用之結果。由今本《玉篇》第三五七馬部「驗」，牛窆切，《名
義》作午豔反；第一五四穴部「窆」，保驗切，《名義》作碑豔反，均可知驗、
窆與豔音當爲一類。此外，更別無分別兩類之條件，則「豔」「驗」二系實爲
一類。

　　（10）咸攝 14-10（開口細音）

　　入聲　涉（葉）

　　涉　69是葉　　葉　33與涉〔註54〕　　　　輒　17竹葉　　獵　9力涉　　接　8子葉

　　攝　4書涉　　捷　1疾葉　　儠　1章涉　　妾　1七接〔註55〕　　　　曄　1爲輒

　　（11）咸攝 14-11（開口細音）

　　平聲　兼（添）

△　兼　38古甜　　甜　2徒兼　　恬　1徒兼

△　嫌　2胡謙　　謙　1苦嫌　　佔　1丁兼

〔註54〕今本《玉篇》領字無「葉」，《切三》《王一》《王二》均作與涉反，茲取以爲系聯。

〔註55〕今本《玉篇》女部「妾」，本作士接切，《名義》七接反，《王二》《唐韻》七接反，
　　　　此外，今本《玉篇》辛部「妾」，即作七接切，則今本《玉篇》女部「妾」之切語
　　　　上字士當爲七字之形訛。

【系聯說明】

「兼」系三字切語與「嫌」系三字本不系聯，然今本《玉篇》九十言部「謙」，苦嫌切，原本《玉篇》作去兼反，可知兼、嫌音當同類。則「兼」「嫌」二系實為一類。

上聲　簟（忝）
簟 10 徒點　忝 7 聽簟　點 6 丁簟　坫 5 丁簟

去聲　念（㮇）
念 21 奴坫　店 1 丁念　坫 1 都念

（12）咸攝 14-12（開口細音）

入聲　頰（怗）
頰 45 居牒　協 33 胡頰　叶 18 胡牒　篋 7 口叶　牒 5 徒頰　帖 2 他頰
俠 1 胡頰　愜 1 苦協　莢 1 公協

（13）咸攝 14-13（合口細音）

平聲　嚴（嚴）
嚴 17 魚杴　杴 5 許嚴　凡 4 扶嚴

上聲　儼（儼）
鋄 8 亡犯　犯 5 扶鋄　范 2 扶鋄

去聲　劍（釅）
劍 14 居欠　欠 6 丘劍　泛 5 孚劍　俺 2 於劍　梵 2 扶泛〔註56〕
汎 1 孚梵

（14）咸攝 14-14（合口細音）

入聲　劫（葉）
△ 劫 30 居業　業 20 魚劫　怯 3 去劫
△ 法 6 甫乏　乏 1 扶法

【系聯說明】

〔註56〕今本《玉篇》第一五九林部「梵」有扶風、扶泛二切，以所切如汎字屬《王一》《王二》《唐韻》梵韻，茲取扶泛切以為系聯。

「劫」系三字雖不與「法」系二字系聯，然實爲一類。今本《玉篇》第二八五水部「法」，甫乏切，法之古文作灋，廌部「灋」，方業切，可知乏、業二字音當同類。則「劫」「法」二系實爲一類。

2、侵　攝

（1）侵攝 2-1（開口細音）

平聲　林（侵）

△　林 92 力金　　今 51 居林　　金 33 居音　　心 18 思林　　針 10 之林　　深 7 式針

　　箴 7 之深　　吟 6 牛今　　音 5 於今　　尋 2 似林　　岑 1 士今　　欽 1 去金

　　諶 1 恃林

△　斟 4 止任　　任 2 耳斟

【系聯說明】

「林」系十三字切語本不與「斟」系二字系聯，因「斟」系二字切語下字互用之故。然今本《玉篇》艸部「蔪」，始音切，《名義》始愔反，今本《玉篇》「愔」則作於斟切，可知音、斟二字音當同類；今本《玉篇》勘，止任切，《名義》至壬反，今本《玉篇》壬，而林切，可知任、林二字音當同類。則「林」「斟」二系實爲一類。

上聲　甚（寢）

　　甚 34 市荏　　錦 28 几飲　　荏 17 而錦　　枕 5 之甚　　飲 4 於錦　　審 3 尸枕

　　稔 1 如枕　　袵 1 而甚

去聲　禁（沁）

　　禁 18 記鴆　　鴆 13 除禁　　蔭 8 於鴆　　賃 4 女禁　　浸 1 子賃

（2）侵攝 2-2（開口細音）

入聲　立（緝）

　　立 90 力急　　及 32 渠立　　入 29 如立　　急 8 居立　　十 4 是執　　拾 2 時立

　　習 2 似立　　執 2 朱立　　戢 2 側立　　級 1 几立　　揖 1 伊入　　緝 1 七入

　　粒 1 良揖　　什 1 時立

3、山　攝

（1）山攝 20-1（開口洪音）

平聲　安（寒）

安 66 於寒　丹 33 多安　干 24 各丹　寒 19 何丹　蘭 5 力干　般 3 步干

闌 2 力安　肝 2 居寒　單 1 丁安　檬 1 莫干　槃 1 步干　盤 1 薄干

難 1 奴丹　潘 1 普寒　爛 1 力寒

上聲　但（旱）

但 25 達亶　旱 20 何但　亶 6 都但　嬾 3 力但　坦 2 他嬾　笴 1 各旱

去聲　旦（翰）

旦 122 多爛　半 11 布旦　旰 6 古旦　汗 6 何旦　爛 6 力翰　岸 3 午旦

案 3 於旦　幹 2 柯旦　漢 2 呼岸　畔 2 蒲半　翰 1 胡旦　叛 1 步旦

幔 1 亡旦　讚 1 子旦

（2）山攝 20-2（開口洪音）

入聲　達（曷）

達 54 佗割　葛 35 功遏　末 34 莫葛　曷 29 何葛　割 29 柯曷　撥 3 補末

缽 2 補末　獺 1 他達　刺 1 力達

（3）山攝 20-3（合口洪音）

平聲　丸（桓）

丸 61 胡官　官 55 古丸　桓 15 胡端　端 11 都丸　完 6 戶端　剸 1 徒官

上聲　管（緩）

管 37 古短　緩 14 乎卵　滿 11 莫卵　卵 10 力管　短 6 丁緩　夘 3 力管

款 2 口緩　椀 1 於管　伴 1 蒲滿

去聲　亂（換）

△　亂 33 力貫　玩 8 五貫　貫 6 古亂　段 2 徒亂　喚 7 荒貫　瓱 1 午亂

△　換 15 胡館　館 10 古換　煥 3 呼換　灌 2 古換　渙 1 呼換

【系聯說明】

「亂」系六字切語本不與「換」系五字系聯。然今本《玉篇》第四五四
受部「喬」，力換切，「亦作亂」；第三九三萑部「蘿」，公換切，「今作鸛」，
鳥部「鸛」作古亂切，可知換、亂音當同類，則「亂」「換」二系實為一類。

（4）山攝 20-4（合口洪音）

入聲　活（末）

活 67 戶括　括 26 古奪　栝 2 古活　奪 2 徒活　闊 1 口活

（5）山攝 20-5（開口洪音）

平聲　閒（刪）

閒 30 居閑　姦 14 古顏　顏 11 五姦　山 11 所姦　閑 9 駭山　艱 1 居顏

上聲　板（濟）

板 24 補簡　限 21 諧眼　簡 14 居限　眼 8 五簡　版 8 布限　產 3 所限
綰 3 烏版　僴 2 下板　醆 1 壯限

去聲　諫（諫）

△ 諫 19 柯鴈　鴈 8 五諫　晏 6 於諫　慢 4 莫諫　澗 2 古鴈
△ 莧 12 胡辨　辨 5 皮莧

【系聯說明】

　　「諫」系諸字切語雖不與「莧」系二字系聯，然今本《玉篇》衣部「綻」，「或作袒」，均釋有「解」義，前者除莧切，後者除鴈切，可知莧、鴈二字音當同類。再觀察其個別字之切語，發現今本《玉篇》也有襉韻字以諫韻字為切的情形，如予部「幺」，「今作幻」，胡慢切，《王二》《唐韻》均胡辨反，屬襉韻。又如簚、芴二字，《切韻》《廣韻》無字，《集韻》均屬襉韻，今本《玉篇》皆以諫韻字為切。可證《廣韻》諫襉二韻的關係，在今本《玉篇》中與其它三聲的發展應是一致的。

（6）山攝 20-6（開口洪音）

入聲　黠（黠）

黠 18 閑八　戛 14 古札　瞎 11 火轄　鎋 10 下戛　轄 6 胡瞎　札 5 州戛
殺 2 所札　結 1 下戛

（7）山攝 20-7（合口洪音）

平聲　關（刪）

關 17 古鐶　頑 6 五環　還 5 胡關　環 4 下關　班 2 布還　鐶 1 胡關
彎 1 於關

去聲　患（諫）

患 12 戶慣　慣 8 古患　串 4 古患　宦 1 胡串

（8）山攝 20-8（合口洪音）

入聲　八（黠）

八 48 博拔　刮 23 古猾　滑 20 戶八〔註57〕　　拔 4 蒲八　猾 1 爲八

（9）山攝 20-9（開口細音）

平聲　言（元）

言 28 魚鞬　鞬 5 居言　軒 1 虛言

去聲　建（願）

建 15 居堰　獻 3 許建　堰 1 於建

（10）山攝 20-10（開口細音）

入聲　謁（月）

謁 7 於歇　歇 5 虛謁

（11）山攝 20-11（合口細音）

平聲　袁（元）

袁 58 宇元　元 56 五袁　園 16 于元　煩 7 父袁　宣 6 思元〔註58〕
藩 2 輔園　原 2 魚袁〔註59〕　　瑤 1 方袁　塤 1 吁園　暄 1 許塤

上聲　遠（遠）

遠 38 于阮　阮 24 牛遠　晚 10 莫遠

去聲　萬（願）

萬 21 亡願　願 13 魚怨　万 8 無販　怨 5 於願　販 3 方万　勸 1 丘萬

（12）山攝 20-12（合口細音）

入聲　月（月）

〔註57〕今本《玉篇》水部「滑」，戶八、古忽二切，所切字多屬《切韻》《廣韻》之黠韻，
茲取戶八切以爲系聯。

〔註58〕今本《玉篇》宀部「宣」，思元切，《名義》作思緣反，《切三》《王一》皆須緣反，
屬仙韻。

〔註59〕今本《玉篇》鐮字無「原」，辵部「邍」字，魚袁切，「或作原」，茲取以系聯。

月 57 魚厥　　厥 18 居月　　越 8 于厥　　發 6 甫厥　　伐 4 扶厥　　日 2 禹月

（13）山攝 20-13（開口細音）

平聲　連（仙）

連 63 力錢　　延 30 余旃　　旃 11 之延　　焉 11 於連　　仙 11 司連　　錢 6 疾延

乾 5 巨焉　　虔 5 奇連　　煎 3 子連　　纏 1 除連

上聲　善（獮）

△ 偃 20 乙蹇　　淺 18 七演　　演 12 弋展　　展 11 知演　　免 9 靡蹇　　蹇 8 羈演

卷 8 九免　　幰 5 許偃　　辯 5 皮免　　甗 3 牛偃　　巘 2 魚偃　　璉 1 力展

鄾 1 於巘

△ 踐 14 慈蹁　　輦 13 力蹁　　翦 11 子踐　　件 1 其輦

△ 善 54 是闡　　闡 6 昌善　　沔 3 彌善　　遣 2 去善　　緬 1 彌善

【系聯說明】

「偃」系諸字切語不與「踐」系諸字系聯，然實為一類。如第二七五珏部「珽」，知輦切，「今作展」；第九十言部「䛐」，扶件切，「俗作辯」，可知輦、展、件、辯諸字實為一類。又今本《玉篇》第三九七魚部「魲」，市演切，《名義》作時闡反，可知演、闡音當同類。則「偃」「踐」「善」三系實為一類。《切韻》中偃、鄾、幰、巘諸字皆歸阮韻，然今本《玉篇》實歸諸獮韻。除了切語下字得以系聯之外，異體字的音讀亦可證明，如扵，於蹇切，「今為偃」，可見偃、蹇音實一類。又「偃」字亦有切獮韻之例，如僆，居偃切，《廣韻》九輦切；遽，魚偃切，《廣韻》魚蹇切，均可證今本《玉篇》中，屬《廣韻》之阮、獮二韻開口字實已合併。

去聲　戰（線）

△ 箭 12 子賤　　扇 9 尸戰　　賤 5 才箭　　面 4 彌箭　　彥 3 魚箭　　線 3 思箭

弁 1 皮彥　　羨 1 徐箭

△ 戰 19 之膳　　膳 2 時扇　　繕 1 市扇

【系聯說明】

「戰」系三字切語原不與「箭」系諸字系聯，然今本《玉篇》「戰」字之古文「𡙕」分見止部及井部，一作之膳切，一作者線切，可知膳、線二字音當同類。則「箭」「戰」二系實為一類。

（14）山攝 20-14（開口細音）

入聲 列（薛）

列	83 力泄	折	7 士列	烈	5 力折	薛	5 胥列	哲	4 智列	泄	3 弋逝

列 83 力泄　折 7 士列　烈 5 力折　薛 5 胥列　哲 4 智列　泄 3 弋逝
舌 3 時列　竭 3 巨列　桀 2 奇列　偈 2 近烈　徹 2 丑列　別 1 蒲列
傑 1 奇哲　裂 1 力折　熱 1 如折　孽 1 宜列

（15）山攝 20-15（合口細音）

平聲 緣（仙）

△ 緣 61 余泉　然 26 如旋　全 16 疾緣　沿 8 余穿　泉 6 自緣　旋 3 徐緣
　綿 3 亡鞭　羶 3 式然　攣 2 力全　穿 2 充緣　鞭 2 卑綿　傳 1 儲攣
　蟬 1 市然　縣 1 彌然　沿 1 余穿〔註60〕　　　鉛 1 役川　川 1 齒緣
△ 專 20 之船　船 4 市專
△ 員 28 胡拳　拳 7 渠員　圓 4 為拳　權 2 具員

【系聯說明】

「專」系二字切語原不與「緣」系諸字系聯，然今本《玉篇》叀部「叀」，職緣切，「今作專」，專，之船切，可知船、緣音當一類；口部「圌」，市全切，「或作篅」，篅，市專切，可知全、專音當一類。又「員」系四字不與「全」系諸字系聯，然實為一類。如今本《玉篇》�部「夐」，巨員切，《名義》作渠攣反，可知員、攣音當一類。則「緣」「專」「員」三系實為一類。

上聲 兗（獼）

兗 49 俞轉　轉 14 知篆　攣 8 力兗〔註61〕　　　選 5 先兗　渜 2 而兗
喘 2 充兗　篆 2 直兗

去聲 眷（線）

眷 16 古援　變 9 碑媛　媛 8 為眷　院 5 王眷　卷 4 力媛　倦 4 渠眷
援 3 為眷　卞 2 皮變

（16）山攝 20-16（合口細音）

〔註60〕今本《玉篇》領字無「沿」，然水部「沿」，余穿切，「亦作沿」，茲取以為系聯。

〔註61〕今本《玉篇》肉部「臠」，力兗、力官二切，以所切皆上聲字，茲取力兗切以為系聯。

入聲　劣（薛）

劣 37 力拙　悅 17 余拙　拙 9 之說　滅 8 彌絕　說 7 始悅　絕 5 才悅

輟 4 知劣　雪 2 思悅　蟞 1 并滅

（17）山攝 20-17（開口細音）

平聲　田（先）

田 69 徒堅　堅 34 古田　眠 15 眉田　千 14 且田　賢 13 下田　年 12 奴顛

前 9 在先　先 7 思賢　研 6 午田　顛 3 都堅　肩 2 居妍　蓮 2 力堅

天 1 他前　妍 1 吾堅　弦 1 奚堅　牋 1 子田　憐 1 力田

燕 1 於先〔註62〕

上聲　典（銑）

典 57 丁殄　殄 42 徒典　顯 9 盧典　繭 3 古典　睍 1 胡殄

去聲　見（霰）

見 106 吉薦　練 5 力見　徧 2 甫見　鍊 2 力見　片 1 普見　殿 1 徒見

蒨 1 此見　薦 1 子見　旬 1 徒見　佃 1 同見

（18）山攝 20-18（開口細音）

入聲　結（屑）

結 182 古姪　節 12 子結　屑 5 先結　蔑 3 莫結　姪 3 徒結　頡 2 紅結

截 2 在節　鐵 1 他結　昳 1 徒結

（19）山攝 20-19（合口細音）

平聲　玄（先）

玄 19 胡淵　涓 10 古玄　蠲 5 古玄　淵 4 烏玄　縣 1 戶涓

上聲　犬（銑）

犬 18 苦泫　泫 7 胡犬　畎 1 古泫

去聲　絹（霰）

絹 22 居掾　縣 18 胡絹　戀 10 力絹　絢 2 許縣　衒 2 胡絹　掾 2 與絹

釧 1 充絹　狷 1 古縣

〔註62〕今本《玉篇》「燕」，於先、於見二切，以所切「倇」字，《廣韻》屬先韻，茲取於先切以爲系聯。

（20）山攝 20-20（合口細音）

入聲　穴（屑）

穴 44 胡決　決 23 公穴　玦 1 居穴　抉 1 一穴

4、臻　攝

（1）臻攝 9-1（開口洪音）

平聲　恩（痕）

恩 9 烏痕　根 6 柯恩　痕 1 戶恩

上聲　很（很）

很 9 胡懇　懇 2 口很　墾 1 苦很

去聲　恨（恨）

恨 5 胡艮　艮 2 故恨

（2）臻攝 9-2（合口洪音）

平聲　昆（魂）

昆 101 古魂　魂 27 胡昆　門 8 莫昆　孫 6 蘇昆〔註63〕　　溫 3 於魂
昏 2 呼昆　敦 2 都昆　奔 2 布昆　渾 1 後昆

上聲　本（混）

本 56 補衮　衮 15 古本　損 8 孫本　混 8 胡本　緄 2 古本

去聲　困（慁）

困 26 口鈍　寸 12 千鈍　頓 9 都鈍　鈍 7 大困　悶 4 莫頓　巽 1 先寸
遜 1 先困　遁 1 徒頓

（3）臻攝 9-3（合口洪音）

入聲　骨（沒）

骨 69 古沒　沒 58 莫突　忽 33 呼沒　滑 20 古忽　兀 8 五忽　突 6 徒骨
鶻 2 乎忽　歿 2 莫骨　勃 2 蒲沒　笏 1 呼骨

（4）臻攝 9-4（開口細音）

〔註63〕今本《玉篇》領字無「孫」，據原本《玉篇》作蘇昆切。

平聲　仁（眞）

△ 仁 42 而眞　人 37 而眞　眞 27 之仁　鄰 17 力臣　民 16 彌申　賓 15 卑民
　　因 7 於人　申 3 式神　臣 3 時人　身 3 式神　辰 2 市眞　津 2 子鄰
　　秦 2 疾津　新 2 思人　辛 1 思人　紳 1 式眞　斌 1 鄙鄰
△ 巾 41 几銀　斤 22 居垠　陳 13 除珍　珍 10 張陳　貧 7 皮旻　銀 7 語巾
　　臻 7 側巾　筠 6 有旻　勤 3 渠斤　詵 3 所陳　彬 3 鄙陳　旻 2 眉巾
　　殷 2 乙斤　侁 1 所臻　垠 1 五巾〔註64〕
△ 豳 3 補珉　珉 2 靡豳

【系聯說明】

「巾」系諸字切語本不與「仁」系諸字系聯，然今本《玉篇》麤部「廛」，雉珍切，「今作塵」，塵，除仁切，可知珍、仁音當同類。又「豳」系二字原不與上述二系系聯，然今本《玉篇》邑部「邠」，補珉切，「亦作豳」，豳，悲貧切，可知珉、貧音當同類。則「仁」「巾」「豳」三系實爲一類。

上聲　忍（軫）

△ 忍 79 如軫　引 8 余忍　軫 7 之忍　盡 1 疾引
△ 隕 29 爲愍　殞 5 爲閔　閔 3 眉隕　敏 2 眉隕　愍 1 眉隕
△ 謹 13 居隱　隱 12 於謹　近 11 其謹

【系聯說明】

「忍」系三字切語本不與「隕」系五字系聯，然今本《玉篇》齒部「齔」，牛引切，《名義》獄閔反，可知引、閔音當同類。又「謹」系三字屬《廣韻》殷韻之上聲，今以其平去入三聲，在今本《玉篇》中分別歸入眞韻之平去入，則上聲自不當例外，故切語雖不系聯，然亦當與「忍」「隕」二系一類。

去聲　刃（震）

△ 刃 61 如振　振 31 之刃〔註65〕　進 23 子信　鎭 11 知刃　吝 6 力進
　　信 5 思刃　僅 3 巨鎭　震 2 之刃　仞 2 如震　印 1 伊刃　晉 1 子刃
　　磷 1 力鎭　殯 1 俾刃　燼 1 才進　陣 1 直鎭

〔註64〕今本《玉篇》土部「垠」，五根、五巾二切，所切爲「斤」字，且水部泿「亦作垠」，音牛巾切，則當入眞部爲是，茲取五巾切以爲系聯。

〔註65〕今本《玉篇》手部「振」有之仁、之刃二切，以所切皆去聲字，茲取之刃切以爲系聯。

△　覾　5 奇斳　　謺　1 許斳　　斳　1 居覾

【系聯說明】

「刃」系諸字切語標不與「覾」系三字系聯，然今本《玉篇》小部「勤」，其斳切，「或作僅」，僅，巨鎮切；爨部「謺」，許斳切，「或作衈」，衈，虛鎮切，可知斳、鎮音當同類。則「刃」「覾」二系實為一類。

（5）臻攝 9-5（開口細音）

入聲　栗（質）

△　栗　57 力質〔註66〕　　乙　30 猗室　　吉　29 居一　　質　28 之逸　　逸　22 以一

　　一　22 於逸　　日　15 如逸　　必　14 俾吉　　乞　9 去訖〔註67〕　　訖　7 居迄

　　秩　5 除室　　悉　5 思栗　　室　4 舒逸　　失　3 舒逸　　溢　3 弋質　　迄　2 呼乙

　　佶　1 其吉　　疾　1 才栗　　七　1 親吉　　桎　1 之實　　慄　1 力質　　實　1 時質

△　瑟　3 所櫛　　櫛　1 側瑟

【系聯說明】

「瑟」系二字切語本不與「栗」系諸字系聯，然今本《玉篇》虫部「蟋」，思栗切，其異體作「蟋」，從諧聲偏旁的角度觀之，蟋與瑟當有密切的聲音關係，據此則瑟、栗音當同類。則「栗」「瑟」二系實為一類。

（6）臻攝 9-6（合口細音）

平聲　倫（諄）

　　倫　39 力遵　　均　29 居迍　　旬　18 似均　　遵　13 子倫　　純　8 市均　　迍　4 張倫

　　匀　3 弋旬　　巡　2 似倫　　屯　1 陟倫　　荀　1 相倫　　輪　1 力均　　屯　1 陟倫

　　鈞　1 古純

上聲　尹（準）

　　尹　34 于準　　允　10 惟蠢　　準　7 之尹　　蠢　3 尺尹　　窘　2 群尹

去聲　閏（稕）

△　俊　13 子峻　　峻　9 思俊　　殉　1 辭峻

△　閏　23 如舜　　徇　5 似閏　　舜　2 尸閏　　潤　2 如舜　　迅　1 綏閏

〔註66〕今本《玉篇》領字無「栗」，然二十三人部俅，「本作栗」，力質切，茲取以為系聯。

〔註67〕今本《玉篇》領字無「乞」，據《切三》《王一》《王二》《唐韻》作去訖切。

【系聯說明】

「閏」系五字本不與「俊」系三字系聯，然今本《玉篇》彳部「徇」，似閏切，「亦同徇」，徇，辭峻切，可知閏、峻二字音當同類，則「俊」「舜」二系實為一類。

（7）臻攝 9-7（合口細音）

入聲　律（術）

△　律 59 力出　　出 27 尺述　　聿 22 以出　　謐 8 莫橘　　畢 7 俾謐　　述 6 視律

　　橘 6 規述　　蜜 6 彌畢　　恤 3 思律　　遹 1 以出

△　筆 20 碑密　　密 19 眉筆

【系聯說明】

「筆」系二字以切語兩兩互用之故，不與「律」系諸字系聯。然今本《玉篇》女部「嫚」，知密切，《名義》知蜜反；水部「潷」，碑密切，《名義》補蜜反，而玉部「祕」，卑密切，《名義》俾密反，可知切語下字作密或作蜜，並無一定，唯今本《玉篇》與《名義》用字習慣互有不同，密、蜜二字音當一類，則「律」「筆」二系實為一類。此外，異體字的音切，也透露「筆」字與術韻的關係，如賦，先筆切，「亦郵字」，郵，思律切。而一字異讀的情形也證明筆、必二字不同音，如今本《玉篇》「佖」，皮筆、頻必二切，皮頻二字皆屬並母字，可證筆、必二字音當有別。

（8）臻攝 9-8（合口細音）

平聲　云（文）

云 64 于君　　軍 15 居云　　分 15 甫墳　　文 8 亡分　　君 4 居云　　雲 2 于君

墳 2 扶云　　芬 1 孚云　　蘊 1 紆文

上聲　粉（吻）

粉 21 甫憤　　吻 8 武粉　　忿 5 孚粉　　刎 3 亡粉　　憤 3 扶粉

去聲　問（問）

問 15 亡慍　　運 10 于慍　　慍 7 於問　　糞 3 夫問　　奮 1 方慍　　訓 1 許運

郡 1 求慍

（9）臻攝 9-9（合口細音）

入聲　勿（物）

勿 60 無弗　物 18 亡屈　弗 9 甫勿　屈 5 丘勿　詘 1 丘物

5、梗　攝

（1）梗攝 11-1（開口洪音）

平聲　庚（庚）

庚 67 假衡　行 13 下庚　衡 10 乎庚　彭 2 蒲衡　更 1 古衡〔註68〕
莖 12 余更

上聲　猛（梗）

猛 14 麻獷　杏 13 胡梗　梗 8 柯杏　獷 2 鉤猛　哽 1 柯猛

去聲　孟（敬）

孟 16 莫更　更 6 古孟　硬 1 五更

（2）梗攝 11-2（開口洪音）

入聲　格（陌）

格 53 柯額　白 15 步陌　百 12 補格〔註69〕　伯 12 博陌　額 11 雅格
陌 9 莫百　額 5 雅格　虢 2 鉤百〔註70〕　客 1 口格

（3）梗攝 11-3（開口細音）

平聲　京（庚）

△ 京 47 居英　迎 4 宜京　英 4 猗京　卿 2 去京　生 2 所京
　 貞 10 知京〔註71〕　　　荊 2 景貞　呈 1 馳京
△ 兵 8 彼榮〔註72〕　　　明 8 靡兵　榮 3 爲明　兄 1 詡榮

【系聯說明】

「京」系諸字切語本不與「兵」系四字系聯，然實爲一類。《廣韻》庚韻「明」

〔註68〕今本《玉篇》領字無「更」，然攴部叟，「今作更」，古孟、古衡二切，以所切字平、
　　　去二聲皆俱，故分置二聲之下。

〔註69〕今本《玉篇》領字無「百」，據《名義》作補格切。

〔註70〕今本《玉篇》領字無「虢」，《名義》鉤百反，茲取以系聯。

〔註71〕貞呈二字原屬《廣韻》清韻三等開口字，今本《玉篇》併入庚韻三等開口。

〔註72〕兵榮兄三字原屬《廣韻》三等合口字，今本《玉篇》併入三等開口。

與「盟」同音，今本《玉篇》明部「明」，靡兵切；盟，靡京切，可知兵、京音當同類。則「京」「兵」二系實爲一類。此外，《廣韻》庚韻開口細音、合口細音的上去聲，在今本《玉篇》中，均已系聯爲一類，是亦可證。

上聲　景（梗）

景 22箕影　永 16于丙〔註73〕　　　影 6於景　丙 4兵皿　皿 4明丙

去聲　命（敬）

命 16靡競　慶 6丘映　敬 4居慶　映 2於敬　竟 2几慶　競 2渠慶

詠 2爲命〔註74〕　柄 2必命　病 1皮命

（4）梗攝11-4（開口細音）

入聲　㦸（陌）

㦸 17居逆　逆 14魚㦸　隙 2丘㦸

（5）梗攝11-5（合口洪音）

平聲　耕（耕）

△ 耕 93古萌　萌 37麥耕　宏 7胡萌　盲 7莫耕　紘 2爲萌　泓 1於紘

爭 1㽵耕　繃 1彼萌

△ 觥 13古橫　橫 10胡觥　閎 1胡觥

【系聯說明】

「觥」系三字切語本不與「耕」系諸字系聯，然實爲一類。如今本《玉篇》橐部橐，公閎切，「或作罛」，罛，公盲切，可知閎、盲音當同類。

上聲　幸（耿）

幸 8戶耿　耿 6皆幸〔註75〕　　　倖 1胡耿

去聲　迸（諍）

迸 5彼諍　諍 1側迸

〔註73〕永字本屬《廣韻》梗韻合口三等字，觀今本《玉篇》永字所切大抵屬開口字，茲據以併至開口。

〔註74〕今本《玉篇》詠，「亦作咏」，二字均作爲命切，此字原屬《廣韻》合口三等字，今本《玉篇》併入開口。

〔註75〕今本《玉篇》頜字無「耿」，《名義》皆幸反，茲取以爲系聯。

（6）梗攝 11-6（合口洪音）

入聲　革（麥）

革 99 居核　　麥 32 莫革　　責 15 壯革　　獲 15 爲麥　　厄 9 於革　　核 7 爲革
戹 7 倚革　　隔 3 几戹　　翩 1 諧革　　嫛 1 胡革　　諴 1 古獲　　謪 1 知革

（7）梗攝 11-7（開口細音）

平聲　盈（清）

盈 53 余成　　征 15 之盈　　并 13 俾盈　　名 5 彌成　　精 3 子盈　　聲 3 書盈

上聲　井（靜）

井 33 子郢　　頂 31 丁領　　冷 22 力頂　　迥 18 胡頂　　領 17 良郢　　鼎 13 丁冷
郢 11 以井　　穎 5 餘頃　　茗 4 冥頂　　整 2 之郢　　頃 2 去穎　　潁 2 役餅
省 2 思井　　挺 2 達鼎　　打 1 都挺〔註76〕

【系聯說明】

「潁」「頃」「穎」原屬《廣韻》清韻上聲合口，今本《玉篇》與清韻上聲開口系聯爲一類。「迥」以下六字原屬《廣韻》青韻上聲之開口及合口，今本《玉篇》與清韻上聲開口系聯一類。《經典釋文》亦見「以靜切迥」、「以迥切靜」例，如潁，口迥反，徐孔穎反（《廣韻》口迥切）、省，西頂反（《廣韻》息井切）。

去聲　政（勁）

△ 政 17 之盛　　盛 7 時正　　正 4 之盛　　姓 4 思姓　　聖 3 舒政　　聘 1 匹正
鄭 1 直政
△ 性 7 思淨　　淨 1 求性〔註77〕

【系聯說明】

「政」系諸字切語本不與「性」系二字系聯，然《廣韻》姓、性二字同音，可證「正」「性」二系實爲一類。

（8）梗攝 11-8（開口細音）

〔註76〕今本《玉篇》領字無「打」，據《廣韻》作都挺切。

〔註77〕今本《玉篇》水部「淨」，仕耕、求性二切，以所切字屬去聲韻，茲取求性切以爲系聯。

入聲　亦（昔）

亦 84 以石	石 36 市亦	隻 14 之石	赤 12 齒亦	役 12 營隻〔註78〕	
昔 10 思亦	益 9 於亦	辟 5 婢亦	積 4 子亦〔註79〕		席 3 似赤
尺 2 齒亦	易 1 余赤	惜 1 私積	奕 1 弋石	炙 1 之亦	

（9）梗攝 11-9（合口細音）

平聲　營（清）

| 營 33 弋瓊 | 坰 5 圭營 | 熒 5 胡坰 | 螢 4 乎駉 | 瓊 4 渠營 | 扃 3 古熒 |
| 傾 1 口營 | 塋 1 余瓊 | 駉 1 古熒 | | | |

【系聯說明】

　　坰熒扃螢駉五字本屬《廣韻》青韻合口，今本《玉篇》「坰」字以《廣韻》清韻合口「營」字爲切下字，遂使原來之二類系聯爲一類。玄應《一切經音義》坰，公營切，可知今本《玉篇》坰字以「營」字爲切，當非偶然。

（10）梗攝 11-10（開口細音）

平聲　丁（青）

丁 142 多庭	經 34 古丁	庭 9 大丁	苓 4 郎丁	廳 4 他丁	廷 3 徒廳
形 3 戶經	零 3 力丁	鈴 2 力丁	冥 2 莫庭	靈 2 力丁	青 1 千丁
屏 1 蒲冥	星 1 先丁	寧 1 奴庭	亭 1 大丁	霝 1 力丁	

去聲　定（徑）

| 定 36 徒聽 | 佞 2 奴定 | 聽 2 他定 | 徑 2 古定 | 甯 1 奴定 | 逕 1 吉定 |

（11）梗攝 11-11（開口細音）

入聲　的（錫）

的 99 丁激	狄 67 徒的	歷 57 郎的	激 15 公的	覓 7 莫狄	壁 6 補歷
擊 5 經歷	闃 2 苦壁	迪 2 徒的	敵 1 大的	曆 1 力的	笛 1 徒的
寂 1 前的					

6、曾 攝

〔註78〕今本《玉篇》彳部「役」，營隻切，《名義》惟辟反，所切開合口字皆有，然以其
　　　　切語下字屬開口字，故歸入開口。

〔註79〕今本《玉篇》頜字無「積」，《名義》子亦反，茲取以爲系聯。

（1）曾攝 6-1（開口細音）

平聲　陵（蒸）

陵 46 力升　升 18 舒承　繩 9 市升　冰 7 魚膺　矜 5 居陵〔註80〕

徵 4 陟陵　承 4 署陵　丞 3 侍陵　膺 3 於陵　蒸 3 章繩　乘 3 是升

凝 2 魚膺　仍 2 如陵　兢 1 冀徵　蠅 1 余陵

上聲　拯（拯）

拯 3〔註81〕

去聲　證（證）

證 28 諸孕　孕 12 弋證　應 2 於證〔註82〕　甑 1 子孕

（2）曾攝 6-2（開口細音）

入聲　力（職）

力 180 呂職　逼 31 碑棘　職 11 支力　弋 8 夷力　域 8 爲逼　棘 5 居力

式 3 尸力　翼 3 余力　直 3 除力　側 2 莊色　識 2 詩力　陟 2 知直

色 2 師力　翌 2 與職〔註83〕　極 1 渠憶　憶 1 於力　織 1 之力

淢 1 呼域　食 1 是力

（3）曾攝 6-3（開口洪音）

平聲　登（登）

登 52 都稜　曾 11 子登　稜 6 盧登　棱 5 力增　縢 5 大登

朋 4 薄登〔註84〕　騰 3 大登　崩 3 布朋　恆 1 何登　能 1 奴登

僧 1 悉層　增 1 作登　層 1 自登

上聲　等（等）

等 5 都肯　肯 3 口等

〔註80〕今本《玉篇》「矜」渠巾、居陵二切，以所切均屬《集韻》蒸韻字，茲取居陵切以爲系聯。

〔註81〕今本《玉篇》「拯」字無切語，但云「音蒸之上聲」，與歷來所見韻書一致。觀其所切皆屬《廣韻》拯韻字，是亦歸此韻下。

〔註82〕「應」，於陵、於證二切，以所切屬《廣韻》去聲字，茲取於證切以爲系聯。

〔註83〕今本《玉篇》領字無「翌」，《王二》《唐韻》與職反，茲取以爲系聯。

〔註84〕今本《玉篇》領字無「朋」，《名義》薄登反，茲取以爲系聯。

去聲　鄧（嶝）

鄧 19徒亘　亘 12古鄧　鐙 3都鄧〔註85〕　　　贈 1在鄧

（4）曾攝 6-4（開口洪音）

入聲　得（德）

得 34都勒　北 20布墨　勒 20理得　則 10子得　德 4都勒　祴 2古得
刻 1苦則　特 1徒得　墨 1亡北

（5）曾攝 6-5（合口洪音）

平聲　肱（登）

肱 7古薨　薨 7呼肱　弘 1胡肱

（6）曾攝 6-6（合口洪音）

入聲　或（德）

或 6胡國　國 5古或　惑 1戶國

7、宕　攝

（2）宕攝 8-1（開口洪音）

平聲　郎（唐）

郎 130力當　當 37都郎　唐 30達當　堂 5徒當　忙 5莫郎　剛 4古郎
桑 4思郎　昂 3五郎　廊 2力唐　囊 1奴郎　狼 1來當　旁 1步郎

上聲　朗（蕩）

朗 48力儻　黨 15丁朗　莽 8莫黨　蕩 4達朗　儻 2他朗
暎 1〔註86〕

去聲　浪（宕）

浪 40力宕　盎 11於浪　謗 5補浪　宕 4達浪　曠 3苦浪　閬 1盧宕
壙 1苦謗

〔註85〕今本《玉篇》金部「鐙」，音登，又多鄧切，以所切皆《集韻》去聲字，茲取多鄧
切以爲系聯。

〔註86〕今本《玉篇》領字無「暎」，《切韻》《廣韻》《集韻》《類篇》各本亦無，然以所切
「瀇」字，《類篇》作底朗切，屬蕩韻，故仍置蕩韻下，切語則闕如。

（2）宕攝 8-2（開口洪音）

入聲　各（鐸）

各 183 柯洛　洛 15 力各　莫 11 無各〔註 87〕　　落 9 郎閣　閣 6 公鄂

作 1 子各　索 1 蘇各　涸 1 乎各　博 1 布各　惡 1 於各　鄂 1 五各

鶴 1 何各

（3）宕攝 8-3（合口洪音）

平聲　光（唐）

光 63 古黃〔註 88〕　　黃 10 胡光　皇 3 胡光　肓 1 呼光

上聲　廣（蕩）

廣 9 古晃〔註 89〕　　晃 5 乎廣　幌 1 戶廣

（4）宕攝 8-4（合口洪音）

入聲　郭（鐸）

郭 28 古穫　穫 5 胡郭　鑊 4 胡郭　霍 1 呼郭

（5）宕攝 8-5（開口細音）

平聲　羊（陽）

△ 羊 105 余章　章 51 諸羊　將 10 子羊　陽 8 余章　揚 5 與章　莊 4 阻陽

　楊 4 余章　姜 3 居羊　涼 2 力漿〔註 90〕　　床 1 仕莊　漿 1 子羊

　量 1 力姜　裳 1 市羊　常 1 市羊　昌 1 尺羊

△ 良 80 力張　方 22 甫芒　王 19 禹方　張 9 陟良　畺 4 居良　狂 3 具王

　亡 3 武方　芒 3 岡良　央 2 於良　防 2 扶方　梁 1 力張　薑 1 居良

　香 1 許良　匡 1 去王

【系聯說明】

〔註 87〕今本《玉篇》領字無「莫」，然艸部茣，無各切，「今作莫」，茲據以系聯。

〔註 88〕今本《玉篇》領字無「光」，然火部兊，「今作光」，古黃切，茲取以爲系聯。

〔註 89〕今本《玉篇》「廣」有古晃、古曠二切，以所切皆《廣韻》上聲字，茲取古晃切以
　　　　爲系聯。

〔註 90〕今本《玉篇》水部「涼」，力匠、力漿二切，以所切字皆屬平聲，茲取力漿切以爲
　　　　系聯。

「羊」系諸字切語原不與「良」系諸字系聯，然今本《玉篇》疒部瘡，楚羊切，「古作創」，創，楚良切；又黍部薌，許羊切，「今作香」，許良切，均可知羊、良音當一類。再如水部「潒」，力章切，「古文梁」，可知章、梁音當一類；冫部涼，力張切，「俗涼字」，可知張、涼音當一類。則「羊」「良」二系實爲一類。

上聲　兩（養）

△　兩　64力掌　　掌　31諸養　　養　18餘掌　　丈　7除兩　　仰　5魚掌　　爽　1所兩

　　鞅　1於兩　　繦　1居兩　　獎　1子養

△　往　20禹倣　　倣　7甫罔　　罔　2無昉　　昉　1甫往　　紡　1孚往

【系聯說明】

「兩」系與「往」系切語下字原不系聯，然透過今本《玉篇》異體字的觀察，可發現此二系字實爲一類。如宀部「𠥉」，無鞅切，「古文罔」，可知鞅、罔二字音同一類；木部「椚」，無兩切，「與輞同」，輞，亡往切，可知兩、往音當同類；辵部「逛」，古文往，禹兩切，亦可知往、兩音一類。則「兩」「往」二系實爲一類。

去聲　尙（漾）

尙　23時樣　　　　　向　17許亮　　匠　6似亮　　亮　5力尙　　讓　4如尙

樣　3餘亮〔註91〕　障　2之尙　　諒　2力尙　　上　1市讓　　帳　1知亮

醬　1子匠　　釀　1女帳　　仗　1直亮

（6）宕攝 8-5（開口細音）

入聲　灼（藥）

灼　49之藥　　略　49力灼　　藥　12與灼　　若　11如灼　　約　9於略　　虐　6魚約

酌　4之若　　雀　3子略　　卻　2去略　　斫　1之若　　弱　1如藥

爵　1子削〔註92〕　　削　1思略

（7）宕攝 8-7（合口細音）

去聲　放（漾）

放　13甫望　　誑　5俱放　　況　4吁放　　望　4無放　　妄　1武況　　眶　1于況

〔註91〕今本《玉篇》頜字無「樣」，《王一》《王二》《唐韻》餘亮反，茲採以爲系聯。

〔註92〕今本《玉篇》頜字無「爵」，然酋部「釂」，子削切，「今作爵」，茲取以爲系聯。

（8）宕攝 8-8（合口細音）

入聲　縛（藥）

縛 34 扶攫　攫 1 居縛

8、江　攝

（1）江攝 2-1（開口洪音）

平聲　江（江）

江 76 古雙　雙 9 所江　尨 4 莫江　邦 2 補江　釭 2 胡江　腔 1 去江
窻 1 初雙

上聲　項（講）

項 17 胡講　講 7 古項

去聲　巷（絳）

巷 8 胡絳〔註 93〕　絳 6 古巷　降 3 古巷

（2）江攝 2-2（開口洪音）

入聲　角（覺）

角 172 古岳　卓 29 竹角〔註 94〕　學 7 爲角　朔 6 所角　岳 6 牛角
剝 4 北角　握 3 於角　渥 2 烏角　樂 2 五角〔註 95〕　捉 1 側角
琢 1 陟角　殼 1 苦角〔註 96〕

9、通　攝

（1）通攝 8-1（開口洪音）

平聲　公（東）

公 115 古紅　紅 73 胡公　東 40 德紅　工 12 古紅　聾 11 力東　同 5 徒東
洪 3 胡工　籠 3 力公　功 2 古同　空 2 口公　攻 1 古洪　蒙 1 莫公

〔註 93〕今本《玉篇》領字無「巷」，然邑部鄉字下云「與巷同」；行部衖字下云「亦作巷」，二字均作胡絳切，茲據以系聯。

〔註 94〕今本《玉篇》領字無「卓」，然七部䓬，竹角切，「今作卓」，茲據以系聯。

〔註 95〕今本《玉篇》、《名義》領字均無「樂」，《廣韻》作五角切，茲據以爲系聯。

〔註 96〕今本《玉篇》、《名義》領字均無「殼」，所切㱿字《廣韻》歸覺韻，茲取《廣韻》苦角切以爲系聯。

上聲　孔（董）

孔 50 口董　董 13 德孔　動 6 徒孔　桶 1 他董　緫 1 子孔　蠓 1 亡孔

蓊 1 烏孔

去聲　貢（送）

貢 27 公送　弄 20 良棟　棟 8 都貢　宋 6 蘇洞　洞 5 達貢　送 5 蘇貢

凍 3 都洞　綜 3 子宋　統 1 他綜

【系聯說明】

綜宋統三字原屬《廣韻》冬韻去聲合口，在今本《玉篇》中，則與《廣韻》東韻去聲開口系聯一類，以「宋」字用送韻「洞」字爲切之故。玄應《一切經音義》綜，子送切，可見今本《玉篇》冬韻去聲併入送韻，不爲無據。

（2）通攝 8-2（開口洪音）

入聲　木（屋）

木 84 莫縠　卜 31 布鹿　谷 31 古木　鹿 24 力木　祿 15 力木　縠 14 古斛

屋 6 於鹿　斛 4 胡縠　族 3 徂鹿　督 2 都谷　瀆 2 徒鹿　哭 1 口木

（3）通攝 8-3（開口細音）

平聲　弓（東）

△ 弓 30 居雄　中 20 陟隆　隆 18 力弓　雄 11 有弓　躳 3 居雄　宮 2 居雄

　　沖 1 除隆　忠 1 陟隆

△ 戎 17 如終　融 9 余終　終 9 之戎　充 4 齒戎　風 3 甫融　馮 2 扶風

【系聯說明】

「戎」系諸字本不與「弓」系諸字系聯，然今本《玉篇》木部「蠭」，甫弓切，「古文風」，可知弓、風音當同類。則「充」「戎」二系實爲一類。

去聲　仲（送）

△ 鳳 7 浮諷　諷 2 方鳳

△ 仲 9 直眾　眾 3 之仲

【系聯說明】

「鳳」系二字本不與「仲」系二字系聯，以兩兩互用之故。然今本《玉篇》仲，直眾切，《名義》作廚諷反，可知眾、諷音當同類。此外，也沒有分別爲兩類的條件，在《切韻》及《廣韻》音系，諸字即爲一類，因此，本文以「鳳」

「仲」二系實爲一類。

（4）通攝 8-4（開口細音）

入聲　六（屋）

六 241 力竹　竹 27 知六　鞠 14 居六　福 14 方伏　陸 12 力竹　育 11 余六

目 6 莫六　腹 5 弗鞠　伏 3 扶腹　叔 3 舒六　鞫 1 居竹　復 1 符六

牧 1 莫六　粥 1 之育　菊 1 居六　熟 1 市六　服 1 扶腹〔註97〕

（5）通攝 8-5（開口細音）

平聲　冬（冬）

冬 47 都農　宗 14 子彤　彤 2 徒多　琮 1 才宗　農 1 奴多

（6）通攝 8-6（開口細音）

入聲　篤（沃）

篤 24 丁毒　沃 14 於酷　毒 5 徒篤　酷 5 口梏　鵠 4 胡篤　梏 3 古篤

薦 2 丁毒　告 1 公篤

（7）通攝 8-7（開口細音）

平聲　容（鍾）

△ 恭 64 居庸　龍 33 力恭　庸 14 余恭　凶 12 許恭　封 5 甫龍　逢 4 扶恭

顒 4 牛凶　蹤 1 子龍　邛 1 渠恭

△ 容 71 俞鍾　鍾 20 之容　鐘 2 職容　縱 2 子容　匈 1 肝容　茸 1 而容

【系聯說明】

「恭」系諸字切語原不與「容」系諸字系聯，然今本《玉篇》章部「鱅」，餘恭切，「古文墉」，土部墉，余鍾切，可知恭、鍾音當同類。又如肉部「胸」，許恭切，「亦作匈」，可知恭、匈音當同類；歺部「殈」，虛顒切，「古文凶」，可知顒、凶音當同類。凡此均可證「恭」「容」二系實爲一類。

上聲　勇（腫）

△ 隴 12 力冢　冢 12 知隴　奉 10 扶拱　拱 9 記冢　恐 4 去拱　竦 3 息隴

〔註97〕今本《玉篇》領字無「服」，《廣韻》服，古文作「𦨶」，今本《玉篇》舟部「𦨶」，音伏，扶腹切，茲據以系聯。

鞏 3 居壟　　壟 2 力竦　　重 1 直冢

△ 勇 45 俞種　　種 12 之勇　　腫 6 之勇

【系聯說明】

「隴」系諸字切語原不與「勇」系三字系聯，然今本《玉篇》廾部「巩」，記奉切，「或爲𢫦」，手部「𢫦」，居勇切，可知奉、勇音當同類；走部「踊」，余腫切，「與踊同」，踊，與恐切，可知腫、恐音當同類。凡此均可證「隴」「勇」二系實爲一類。

去聲　用（用）

用 29 余共　　共 2 巨用

（8）通攝 8-8（開口細音）

入聲　玉（燭）

△ 欲 26 余燭　　足 21 子欲　　燭 14 之欲　　屬 6 時欲　　蜀 3 市燭　　囑 2 止屬

束 1 舒欲　　綠 1 力足　　淥 1 力足　　辱 1 如燭　　贖 1 市燭

△ 玉 38 魚錄　　錄 19 力玉　　曲 2 丘玉　　浴 1 余玉　　局 1 其玉

【系聯說明】

「玉」系五字原不與「欲」系諸字系聯，然今本《玉篇》心部「𢝊」，而欲切，「古文辱字」，辱，如燭切，可知欲、燭音當同類；木部「欘」，知錄切，「或作斸」，斤部「斸」，竹足切，可知錄、足音當同類。凡此皆可證「玉」「欲」二系實爲一類。

第二節　韻類討論及擬音 [註 98]

一、陰聲韻類

1、果　攝

今本《玉篇》果攝包括何、迦、戈三韻系，[註 99] 其中何韻系相當《廣韻》

[註 98] 以下之擬音基本上根據陳新雄〈《廣韻》二百零六韻之我見〉一文，及董同龢《漢語音韻學》「中古音系」的說法，然遇有疑問處，仍就今本《玉篇》之音系狀況，參酌其他說法加以討論。

[註 99] 本文爲呈顯今本《玉篇》反切用字之情況，與《廣韻》有別，其韻目名稱是舉反

歌韻系、迦韻系相當「戈二」韻系、戈韻系相當「戈一」韻系。〔註100〕《切三》
《王一》《王二》歌、戈二韻系不分，《唐韻》殘卷去聲分箇韻、過韻，可據以
判斷其歌、戈二韻系有別。今本《玉篇》較不同的是，原屬《廣韻》合口戈韻
的唇音字，大多轉入開口歌韻。如本文音節表果攝 3-1 平聲磻、波、菠、皤、綅
（幫母）、頗、坡、玻（滂母）、婆、䴾、鄱、㩧、綫〔註101〕（並母）、摩、劘、
魔、臠、（明母）；上聲爸、硰、駊、簸（幫母）、叵（滂）、爸（並母）、麼（明
母）；去聲嶓、㿯（幫母），這類例子頗多，不宜單純視為開合口的偶然互用。《名
義》中類似的例子也不少，不過，由於收字較今本《玉篇》少的關係，因此現
象較不明顯。周祖庠（1993：200）也認為《原本玉篇零卷》中「戈韻系唇音實
為開口韻」。可見一等唇音字歸開口，可能是一種早期的普遍現象，李榮（1973：
46）亦將一等唇音字歸開口。今本《玉篇》也有部分字已歸合口，則顯示了一
等唇音字有從開口向合口演變的趨勢，後來的等韻圖將一等唇音置於合口，也
算是有了依據。

　　周祖謨（1980：367）指出：「《廣韻》歌韻有韡字音許戈反；《切三》無反
切，《王一》音火戈反，《名義》音盰戈反，是韡字韻母當別為一類。」〔註102〕
其擬音則於合口戈韻中析出細音一類。今本《玉篇》中屬韻圖戈韻三等字，均
以戈韻一等切之，如靴、韡作盰戈切，胆作烏茄切，可知今本《玉篇》合口戈
韻細音尚未獨立一類。

　　林尹《中國聲韻學通論》分析《廣韻》韻類，則於合口戈韻中析出開口細
音一類。今本《玉篇》歌韻伽茄迦三字（參見音節表果攝 3-2），即相當於此。
孔仲溫（1987：409）也指出此伽茄迦三字，實際應屬歌韻，為與戈韻韡胆靴一
類相對之細音。本文伽茄迦三字亦歸歌韻細音，不過，今本《玉篇》戈韻合口

　　切用字中切字最多者為之。此處所謂「韻系」，實則乃標舉平聲韻以兼括上去入三
　　聲，以下各攝之討論均仿此。

〔註100〕「戈一」「戈二」之名稱，是依據林尹《聲韻學通論》「廣韻切語上下字表」而得，
　　　　下文依此類推。

〔註101〕《廣韻》領字無「綫」，王仁昫《刊謬補缺切韻》作薄何反。

〔註102〕根據澤存堂本《廣韻》，韡字是歸於戈韻，音許胆切，與周氏所云歸歌韻的情形不
　　　　符，則不知其所據何來。

細音尚未獨立。

高本漢依據《經史正音切韻指南》以歌戈與鐸相配,而唐韻主要元音,自高本漢以來均擬作〔ɑ〕。又今各地方言歌戈兩韻多數無韻尾,因此歌、戈韻應當是個開尾韻。則果攝各類韻母音值可擬如下:

何可賀　　開口洪音〔-ɑ〕　　　戈果臥　　合口洪音〔-uɑ〕

迦　　　　開口細音〔-jɑ〕

2、假　攝

今本《玉篇》假攝包括加、邪、瓜三韻系,其中加韻系相當於《廣韻》的「麻一」、瓜韻系相當於「麻二」、邪韻系相當於「麻三」。不過,取與《廣韻》比對後,今本《玉篇》在果假二攝分立的情況下,仍有少數混用的例子。如以麻切歌:舸,口亞切(《王二》苦何反);〔註103〕以歌切麻:哦,丘暇切(《王一》呼我反)、駕,古俄切(《切三》古牙反)、鎈,相可切(《廣韻》初牙切)等等。唐詩用韻中未見其例,不過,敦煌詩歌中有之(謝佩慈,2000:附錄54,154),如:家(麻)沙(麻)花(麻)過(戈)^{出處不詳}、他(歌)河(歌)波(戈)過(戈)吒(禡)^{出處不詳},前一例見詩,後一例見歌辭,二例之時代皆屬盛唐,由於例子極少,難以視爲敦煌詩歌之特色。而再從上古韻部來看,果假二攝,歌戈來自古韻歌部,麻韻來自古韻歌部和魚部,聲音關係是極近的。王力〈南北朝詩人用韻考〉指出南北朝時期,第一期歌戈麻是混用的,第二期麻韻方才獨立。因此,今本《玉篇》所見歌麻混用例,其受到敦煌詩歌之影響的成分應當不大,比較可能是因爲立於顧野王《玉篇》的基礎上,而保留了南北朝時期的音韻痕跡。高本漢以來一般都是將假攝主要元音作〔a〕,用以解釋今本《玉篇》果假二攝混用之例,也是沒有問題的。則假攝各類韻母音值如下:

加下嫁　　開口洪音〔-a〕　　　瓜瓦　　　合口洪音〔-ua〕

邪者夜　　開口細音〔-ja〕

3、遇　攝

今本《玉篇》遇攝包括居韻系、胡韻系、俱韻系,分別相當於《廣韻》魚、模、虞三韻系。《廣韻》此三韻系,在今本《玉篇》中基本上保持分立,其中虞

〔註103〕曹憲《博雅音》「舸」,苦亞切,正是以麻韻切歌韻之例。

魚兩韻系分用清楚，《顏氏家訓・音辭篇》曾謂：「北人以庶爲戍，以如爲儒」，可見河北與江南的不同。今本《玉篇》魚虞二韻系分明，應是保留了南方語音的特點。虞模二韻系則存有極少數的混用字例，以模切虞之例，如音節表遇攝3-1 鬴，方五切（《廣韻》甫無切）、膴，亡古切（《王二》無主反）、羅，無魯切（《王二》無主反）、杅，於胡切（《廣韻》羽俱切）。周祖謨（1993：243）指出魏晉宋時期內，魚虞模三韻通用，齊梁以後，魚韻獨立，而模虞爲一部。今本《玉篇》所見虞模混用例是否正是齊梁模虞一部的痕跡？似乎未必。如「鬴」字，《名義》作方芋反，正是以虞韻字爲切。今本《玉篇》的反切，百分之七十以上與《名義》相當，而此處「鬴」字卻改以模韻字爲切，這當中恐怕存在編者某種實際語言的痕跡，唐古體詩用韻中，虞模二韻系混押的例子便相當的多（鮑明煒，1986：101-116）。

　　現代方言中，魚虞模三韻混而不分，其主要元音則多作舌面後高元音，有讀〔u〕者，如北京、濟南、西安、太原等，「豬」〔tʂu〕；有讀〔y〕者，如武漢、長沙、南昌等，「豬」〔tɕy〕，則當可假定諸韻於中古時期亦讀舌面後高元音。今本《玉篇》虞模有混用之例，與魚韻則無相涉之例，證明虞模主要元音較爲接近，與魚韻稍遠。「《切韻指南》則以屋配魚，沃配模、燭配虞，可知魚模虞與東冬鍾乃陰陽平行之韻部」（孔仲溫，1987：438），陳新雄亦比照構擬東冬鍾韻之情況，採取「平行之擬音」，〔註104〕則遇攝各類韻母音值可擬如下：

	胡古故	合口洪音〔-u〕
居呂據　開口細音〔-jo〕	俱禹據	合口細音〔-ju〕

4、蟹　攝

　　《廣韻》蟹攝各韻系，在今本《玉篇》中彼此交涉的情形頗爲複雜，與《廣韻》的分韻有異，但與《廣韻》中同用獨用例所述者較爲接近。

（1）來韻系、回韻系

　　今本《玉篇》來韻系相當《廣韻》咍韻系、回韻系相當《廣韻》灰韻系，此二韻系在今本《玉篇》中基本上是獨立的，不過當中也存有混用的情形，如

〔註104〕由於等韻圖中，魚模虞三韻的情況頗與東冬鍾三韻相似，故在擬音時可平行對待，此「平行擬音」之謂也。

音節表蟹攝 12-1 平聲「醅」，匹才切，《切三》《王一》芳杯反、去聲「帽（瑁）」，莫代切，《王一》《唐韻》莫佩反、「蝐」，亡代切，《集韻》莫佩切等，都是以咍切灰之例。《廣韻》灰、咍二韻系各自獨立，但允許同用。

來、回二韻系與《廣韻》咍、灰二韻系相當，咍韻系就來源觀之，與上古〔ə〕〔e〕等元音關係較深（董同龢，1993：170），《廣韻》咍韻系與登韻系在今本《玉篇》中多形成對轉，而現代方言中蒸登韻多讀作央元音〔ə〕，則來韻系之主要元音可擬作〔ə〕，而回韻系與來韻系彼此有混用情形，主要元音亦可同之。此外蟹攝向來的擬音中亦多擬有〔-i〕韻尾，則來、回二韻系之音值可擬如下：

來改代　開口洪音〔əi〕　　　回罪對　合口洪音〔uəi〕

（2）蓋韻、外韻

今本《玉篇》蓋韻，相當於《廣韻》「泰一」，外韻相當《廣韻》「泰二」。當中歸字上，部份原屬《切韻》《廣韻》等之開口唇音的字，則改歸合口。如「貝」，布外切，《王二》博蓋反、「旆」，蒲貝切，《王二》蒲外反。此外，蟹攝 13-4 匣母「邁」，胡貝切，《廣韻》黃外切，可見「邁」字原就屬合口，而今本《玉篇》以「貝」字切之，更可證貝字及以貝字為切語下字者之當歸合口。又蟹攝 13-5 去聲定母「吷」，徒介切，《集韻》作徒蓋切，可視為泰怪混用之例。中唐初期詩人在古體詩及樂府詩的用韻中，亦見有泰怪混用之例，如拜（怪）帶（泰）耿湋拜新月、帶（泰）怪（怪）拜（怪）王建鏡聽詞（耿志堅，1989b：449～450）。

《廣韻》泰韻韻母主要元音向來擬作〔ɑ〕，如陳新雄及董同龢皆是如此，但是由於今本《玉篇》泰韻與未韻有混用之例，止蟹二攝已具關係，詳見後文，則其主要元音與止攝韻之元音應當再接近些，可擬作〔ɐ〕，則今本《玉篇》蓋、外二韻之韻值為：

蓋　　開口洪音〔-ɐi〕　　　外　　合口洪音〔-uɐi〕

（3）皆韻系、佳韻系

今本《玉篇》皆韻系（《廣韻》皆韻系）有開合二類，開口具平上去三聲，合口具平去二聲，佳韻系（《廣韻》佳韻系）因為合口併入開口的緣故，故僅存開口一類。至於《廣韻》韻系之夬韻開合口，則分別併入拜（怪）韻開口及賣

（卦）韻開口。〔註105〕參見音節表蟹攝 13-5 及蟹攝 13-7。《名義》中皆韻唇音字「依反切似皆爲開口」（周祖謨，1980：369），今本《玉篇》除了「霾」，眉乖切（《刊》陌皆反），爲合口切開口之例，其餘大抵相同。《廣韻》皆佳及卦怪夬分別以音近，歷來不少音韻資料均透露同用或合用之跡，據王力的研究，玄應音怪夬同用，《釋文》卦怪夬三韻合用、顏師古怪夬合用、慧琳音佳皆合併、《廣韻》皆佳同用，卦怪夬同用。今本《玉篇》除了夬韻開口明顯地讀入怪韻開口，夬韻合口讀入卦韻之外，也見有佳皆混用之例，如蟹攝 12-7 上聲疑母覬，牛買（蟹）切，《廣韻》五駭（駭）切。再者，今本《玉篇》也見止蟹二攝混用之例，如餲，於利、於介二切，原本《玉篇》於例、於芥二反，《廣韻》於罽、於葛、於介三切，由於沒有其他證據證明「利」字乃「例」字之形訛，因此只好判定這是止蟹二攝的混押例，敦煌詩歌中止蟹二攝混用例不少（謝佩慈，1999：附錄 154），則今本《玉篇》在此又隱約地透露了唐時某些方言的特色。

　　《廣韻》夬韻在今本《玉篇》分別讀入拜（怪）、賣（卦）二韻，也就是說夬韻並非一個獨立韻部，這個現象值得進一步說明。分析詩人用韻，可知南北朝時期夬韻已然獨立。孔仲溫（1994：267）曾舉劉勰〈文心雕龍·檄移篇贊〉當中「話敗薑邁」四字押韻，證明夬韻之獨立。雖然僅此一例，但是出乎強調「同聲相應謂之韻」（〈文心雕龍·聲律〉）的劉勰之手，顯然就具有重要的指標意義。誠然，如孔仲溫所言，南北朝時期夬韻獨立是可以成立的，夬韻已發展出可別於它韻的獨立條件，不過，這些條件並不是十分鮮明，以致於只有真能「審音度韻」之士如劉勰者，始能辨之，絕大多數人恐怕還是難以分別。唐詩用韻中，夬韻無獨用之例，與怪韻合用則有 4 例（鮑明煒，1986b：140），例子中均表現「敗」「邁」二字與怪韻合用，可印證今本《玉篇》切語的系聯結果。至於《廣韻》夬卦二韻通押之例，唐詩用韻非但未見，並且罕見卦韻字入韻，只見於敦煌詩歌中少數僧人之作，〔註106〕這可能與卦韻甚窄，詩人不習慣入韻有關。《經典釋文》「怪夬卦混用」，其中有以卦切夬之例，如「敗」，《王一》《王二》薄邁反，《釋文》必賣反。今本《玉篇》與其接近，不過，《廣韻》怪卦二

〔註105〕音節表蟹攝 13-5 怪韻「切語下字」欄下，邁、敗二字韻圖歸合口，《名義》則屬開口（周祖謨，1980：331）。

〔註106〕如智積禪師〈六禪師七衛士酬答·偈〉「會（泰）戒（怪）解（卦）瘥（卦）會（泰）」、釋智嚴〈十二時〉「舍（禡）畫（卦）藉（禡）」等。

韻在今本《玉篇》仍是有分別的。

一般將《廣韻》皆韻系之主要元音擬作〔ɐ〕，夬韻之主要元音則擬作〔a〕，但是，考慮今本《玉篇》有泰怪混用，並且夬韻已非獨立韻部的事實，我們認爲今本《玉篇》皆韻系之主要元音當改擬〔a〕爲妥。皆佳二韻系之韻母音值如下：

皆駭拜　　開口洪音〔-ai〕　　　　乖怪　　　合口洪音〔-uai〕

佳蟹卦　　開口洪音〔-æi〕

（4）世韻、祭韻、吷韻

今本《玉篇》世韻，相當《廣韻》祭韻開口、祭韻相當祭韻合口，吷韻相當廢韻。《廣韻》祭韻在今本《玉篇》中，與廢、霽二韻頗有牽涉，祭韻合口字部分讀入廢韻合口，及霽韻之開合口，參見音節表蟹攝 12-10 及蟹攝 12-12。《廣韻》於霽韻下註明「祭同用」，而於廢韻下則註明「獨用」，看來，《廣韻》的時代祭韻與霽韻的關係是較廢韻密切的。今本《玉篇》祭韻則表現出與廢霽二韻均有密切關係，從音節表蟹攝 12-10 可以看到衛劌綴三字，及以此三字爲切的字，當中以《廣韻》音系中所謂重紐 B 類字爲主，都從祭韻合口歸入廢韻合口。王力（1991b：131）指出《經典釋文》霽祭廢混用，而唐詩用韻也有祭霽廢混用之例，如：瀎（廢）帝（霽）歲（祭）韓休 奉和 聖制喜雨賦、愛（代）怪（怪）帶（泰）對（隊）衛（祭）輩（隊）廢（廢）勵（祭）元結 遊石 溪示學者。

上述所舉有關祭廢二韻合用之韻例並不多，不過，這可能與唐詩人鮮以廢韻字入詩有關，因爲所見唐詩人韻譜中，有廢韻字者亦僅此二例。這或多或少也證明了今本《玉篇》「衛」字，及以「衛」字爲切諸字，之併入廢韻，確實有跡可循。

《廣韻》祭廢二韻，在今本《玉篇》中既然關係密切，那麼二韻之主要元音自應當擬近一些，陳新雄將祭韻擬作〔-jɛi〕（祭開）、〔-juɛi〕（祭合），董同龢祭韻分有兩類，其中一類擬作〔-jæi〕（祭開）、〔-juæi〕（祭合）（1993：169），本文以爲董氏所擬更能說明今本《玉篇》祭廢音近的事實，故此採董說。今本《玉篇》世、祭、吷三韻之音值略擬如下：

世　　　　開口細音〔-jæi〕　　　祭　　　合口細音〔-juæi〕

　　　　　　　　　　　　　　　　　吷　　　合口細音〔-juɐi〕

（5）兮韻系、圭韻系

　　今本《玉篇》兮韻系，相當於《廣韻》「齊一」、圭韻系相當於「齊二」。當中存有一些與它韻系混用的情形，如「掜」，敕細（霽）切（《王一》丑勢（祭）反）；《廣韻》祭韻合口在今本《玉篇》中，除了「歲」及以之爲切的諸字外，還有「篲」，詳惠（霽）切（《廣韻》祥歲（祭）切），這些都與《廣韻》霽韻混用（參見音節表蟹攝 12-12），幾乎都是《切韻》音系中所謂祭韻合口的重紐 A 類字（李榮，1973：21）；平聲「郳」，女奚（齊）切（《廣韻》妳佳（佳）切），則是與佳韻混用。《廣韻》祭霽二韻混用的例子，唐古體詩中多見其例（鮑明煒，1986：137～139），但沒有集中於重紐 A 類字的傾向。至於《廣韻》齊佳二韻在今本《玉篇》中混用的例子，在詩人用韻中未見，不過，王力舉出《經典釋文》中有佳和齊麻支相通的例子，其中佳齊相通的例子有：鼝（佳），蒲佳（佳），徐薄雞（齊）；洼（佳），烏攜（齊）。其後又云：「這都是又讀，不是混用。」（1991b：132）但是，他否認混用的說法，並未指出原由何在，今本《玉篇》此一混用之例，或許能對《經典釋文》的這些例子，提供不同的看法。

　　《廣韻》齊韻去聲，在今本《玉篇》中既與祭韻關係相近，並且與佳韻又有混用的事實，因此其主要元音應與祭、佳二韻之主要元音〔æ〕相近，故此仍採董說，將齊韻之主要元音擬作〔ɛ〕，則今本《玉篇》兮、圭二韻系之音值擬爲：

　　　　兮禮計　　開口細音〔-iɛi〕　　　　圭桂　　　合口細音〔-iuɛi〕

5、止　攝

（1）支韻系、嬀韻系

　　今本《玉篇》支韻系相當於《廣韻》「支一」、嬀韻系相當於「支二」。《廣韻》支韻系唇牙喉音之重紐兩類字，在今本《玉篇》均已歸併爲一類（參見音節表止攝 6-1、止攝 6-2）。支韻開口有之韻開口精系字併入，如茲思詞司姿等字（參見音節表止攝 6-1）。王力〈朱翱反切考〉云：

> 止攝齒頭四等字，在《切韻指掌圖》中，已轉入一等，在《切韻指南》也轉入一等，只是在字旁加圈。這種語音發展情況，在南唐時代已經存在；在朱翱反切中，資思自成一韻，因此資思字切資思字。

《切韻指掌圖》十八開一等的位置，擺的是支韻系的字，其齒頭音精組字「茲雌慈思詞」等字，原都屬《廣韻》之韻系。如此一來，今本《玉篇》所展現的或許可說是資思韻字形成的早期樣貌。也就是說資思韻開始可能是，之脂韻的

精組字率先逐次往支韻靠攏，最後才一起從支韻系獨立出來。有趣的是，支韻合口精組字則有背其道而行，往脂韻合口靠近的情形，如「隨」字，參見音節表止攝 6-4。這或許說明為什麼同樣是支脂之韻的精系字，到了後來卻是開口屬資思部，合口歸微齊部，原來是它們後來各自有了不同的發展路線。

尚有其它的韻字變化，如《廣韻》支韻開口去聲「臂」「避」二字，臂，補致（至）切（《王二》卑義（寘）反）、避，婢致（至）切（《王二》婢義（寘）反），則臂、避二字連同所切字，均歸入今本《玉篇》之韻開口去聲（參見音節表止攝 6-3）；合口去聲「僞」，魚貴（未）切（《王二》危賜（寘）反），則「僞」及其所切字，均歸入今本《玉篇》非韻合口去聲（參見音節表止攝 6-6）。凡此均顯示《廣韻》支韻與之、脂、微韻，在今本《玉篇》中皆具有一定的關係。關於《廣韻》支韻的音值，高本漢依據閩南方言的讀音擬作〔-e〕，董同龢（1993：167）也從方言著眼，認為「支韻字福州有些讀作〔-ie〕，廈門也有些讀〔-ia〕，都與脂之微的字只讀〔-i〕有別，這點可幫助我們解決支韻字的讀法」。這些證據至少證明支韻字沒有韻尾。邵榮芬（1982：130）則認為支佳二韻關係相近，因此將其主要元音擬作〔ε〕。《廣韻》支佳二韻，在今本《玉篇》中形成異讀，關係當亦不淺，因此我們同意邵氏的說法。支、嬀二韻系之音值可擬如下：

支爾豉　　開口細音〔-jɛ〕　　嬀委恚　　合口細音〔-juɛ〕

（2）之韻系、追韻系

今本《玉篇》之韻系，相當於《廣韻》中的之、「脂一」二韻系；追韻系相當於「脂二」韻系。《廣韻》之、脂二韻系，在今本《玉篇》中混用的情形非常普遍，例證極多，不煩詳列，足證之、脂同部，可參見音節表止攝 6-3。原本《玉篇》及《名義》音系之脂二韻也是合為一部。周祖謨（1980：369）指出「脂之兩韻系不分，為六、七世紀南方字書之共同現象」，不過，代表長安音的玄應《一切經音義》，〔註 107〕周法高（1968，248）云：「脂、之韻相混較多，今因系聯合為一類」。可見得之脂合韻的情況，到了唐代已擴及北方方音了。此外，唐古體詩中「脂與之之間無條件通押，看不出有任何界限」（鮑明煒，1986：45）。因此，我們不妨說之脂合韻是唐代實際語言中的一種普遍現象，今本《玉篇》

〔註107〕王力〈玄應《一切經音義》反切考〉及周法高《玄應反切考》二文皆主張玄應音代表長安音。

的表現也是如此。

在韻字的變化上，《廣韻》之韻系，在今本《玉篇》中除了與《廣韻》支韻系相涉之外，和微韻系亦關係密切，如原屬《切韻》脂韻系合口重紐 B 類字（李榮，1973：13），均相應地歸入微韻合口的平上去三聲，可參見本文音節表止攝6-6。周祖謨（1993b：312）曾舉《封氏聞見記》卷四「甌使」條云：「天寶中，玄宗以『甌』字聲似『鬼』，改『甌使』爲『獻納使』。」據此可知「當時脂、微兩韻的合口字音同。」可見北方語言中實有脂、微二韻合口音近的實例。又《廣韻》微韻系開口去聲字，在今本《玉篇》也有轉入之韻系，如「毅」，魚記（志）切（《廣韻》魚既（未）切），則「毅」與其所切字當入今本《玉篇》之韻系（參見音節表止攝6-3）。〔註108〕周祖謨（1993b：312）也指出唐代史學家劉知幾字子玄，因避唐玄宗李隆基諱，以字行。而「幾」是微韻字，「基」是之韻字，因此「當時北方『幾』『基』兩字一定同音。」凡此，均可證之（脂）韻系與支微二韻系頗有關涉，則其主要元音應當相近。邵榮芬（1982：130）透過梵文對音擬定脂韻系爲〔i〕，之韻系則擬作〔e〕，由於今本《玉篇》脂之二韻系合併，並且此合併的之（脂）韻系，與支微二韻系皆關係密切，是以其韻母的主要元音似乎擬作〔e〕較爲妥當。則之、追二韻系之音值可擬如下：

　　　　之里利　　開口細音〔-je〕　　　追水季　　合口細音〔-jue〕

（3）衣韻系、非韻系

今本《玉篇》衣韻系相當《廣韻》「微一」；非韻系相當《廣韻》「微二」，與《廣韻》支、之、脂韻的關係，已述於前。此外，今本《玉篇》也透露止、蟹二攝的關係，這主要是表現在《廣韻》微韻系與灰韻系、泰韻的混用，如：隊韻溪母「繢」，丘謂切，《王二》《唐韻》胡對反，屬未韻，則「繢」字及其所切字當入未韻合口（參見音節表止攝6-6）。而原本《玉篇》也有幾個微韻系與灰韻系相混的例子，如「磑」，午衣（微）切，《王一》五內（隊）反，《王三》五對（隊）反、「碨」，妨味（未）反，《切韻》普佩（隊）反；「跰」，匹貝（泰）切，

〔註108〕　止攝 6-3 至利韻底下之「切語下字一欄」中的既、氣、毅三字，原來屬《廣韻》未韻。在此除了切語系聯的結果之外，並且我們也發現 2 個《廣韻》志韻的字，卻是以「既」字爲切，如鱀，巨既（未）切（《廣韻》渠記（志）切）、蟹，渠既（未）切（《廣韻》去吏（志）切），可證此三字及其所切字，併入今本《玉篇》之韻系，實爲可行。

《廣韻》方味（未）切。此外，《廣韻》隊韻，在今本《玉篇》中也切脂韻系字，如「罷」，房背（隊）切，《王二》房脂（脂）反。

我們推想今本《玉篇》中止、蟹二攝相通之例，可能是出自孫強之手筆，也或許是有所承於顧野王《玉篇》，不過，《零卷》中透露《玉篇》原本「續」，胡憤反，很清楚地以《廣韻》隊韻字切之，反過來，前面所舉《零卷》灰微混用之例，今本《玉篇》卻是不混，這說明了今本《玉篇》所呈現者，應非受到原本《玉篇》的影響，乃是編者直覺音感的偶然呈現。在代表唐五代西北方音的敦煌詩歌中，二攝通押之例不少，如初唐王梵志詩已有若干通押之例（張鴻魁，1990：531），而敦煌變文中二攝互押之例更多（周大璞，1979a、1979b、1979c），再如敦煌俗文學中的別字異文也有止攝開口，和齊韻開口不分之事實（邵榮芬，1997：310～311），再配合唐詩用韻來看，晚唐律體詩也見有灰微合韻之例，李添富（1996：96）云：

> 微灰合韻有胡曾番禺一首以「巍、回、臺」通押。按微灰合韻與支灰合韻同屬方音之偶合者，蓋因以湖南方音考之，臺音 tai，回音 fei，入群之巍字則音 uei，故三字得以通叶通用，而胡曾，湖南人氏也。

湖南音即湘語，湘語屬北方方言之範疇，那麼至少表示唐時止蟹二攝的通押，可能是北方區域的共有現象。〔註109〕陳新雄將微韻系之主要元音擬作〔ə〕，不僅足以表現微韻與支、之（脂）韻的密切關係，並且也能符合《廣韻》微灰二韻，在今本《玉篇》中混用的事實，故此遵用之。今本《玉篇》衣、非二韻系韻值略擬如下：

衣豈　　　開口細音〔-jəi〕　　　非鬼貴　　　合口細音〔-juəi〕

6、效　攝

今本《玉篇》刀韻系相當於《廣韻》豪韻系、交韻系相當於肴韻系、遙韻系相當於宵韻系、幺韻系相當於蕭韻系，除了少數遙韻系與刀、幺二韻系混用之外，基本上四個韻系的表現與《廣韻》韻系相當。混用例子中，屬《廣韻》

〔註109〕後蜀毋昭裔（934～965）所注《爾雅音圖》，顯示灰韻與止攝互注之例也有七個之多（馮蒸，1992），毋昭裔之地望爲河中龍門，地當今河南、山西交界處附近，也屬北方方言的範圍之內，也可作爲唐代北方區域一帶之語音止、蟹二攝混用之旁證。

豪宵二韻之混者有「忉」，敕憍（豪）切（《廣韻》敕宵（宵）切），共計 1 例；屬
《廣韻》宵肴二韻之混者有鞘，思搖（宵）切（《廣韻》所交（爻）切），共計 1
例；屬《廣韻》蕭宵二韻系之混者有：髟，比聊（蕭）切（《廣韻》甫遙（宵）
切）、摽，孚堯（蕭）切（《廣韻》撫招（宵）切）、肇，直皎（篠）切（《切三》治
小（小）反）、鴺，丁膋（宵）切（《王一》都聊（蕭）反），共計 4 例。

　　《廣韻》蕭肴豪三韻屬古韻幽宵二部，宵韻屬古韻宵部，四韻自古以來關係
極為密切。因此在後來的發展上，均見有同用的現象。如南北朝時期第一期蕭宵
肴豪同用，第二期蕭宵同用（王力，1991a）；齊梁陳隋時期，蕭宵為一部（周祖
謨，1993）；玄應、《釋文》、朱翱反切等（王力，1991b、1991c、1991d）與南北
朝時期第二期相同。到了唐代的詩歌用韻中，四韻仍存通用之例，宵蕭二韻之關
係尤其密切，如初唐時期蕭宵同用（耿志堅，1987），盛唐時期宵蕭同用（耿志
堅，1989a），中唐時期蕭宵同用（耿志堅，1989c）。今本《玉篇》雖然遙（宵）、
幺（蕭）二韻系基本獨立，但其略有混用情形，則仍見有上述諸情況之一抹色彩。

　　效攝韻母之音值，一般均採用高本漢之說，然陳新雄根據《經史正音切韻
指南》所附入聲九攝歌訣中有云：「高交元本宕江邊」句，認為「交在肴韻，而
肴韻所配入聲，來自江韻，江韻既定作〔ɔŋ〕，則肴韻擬作〔ɔu〕，自最為理
想。」並且從現代方言中，也可找到效攝開口二等字，尚有保留元音〔ɔ〕之
例，如「飽」濟南、揚州、溫州讀〔pɔ〕，「貓」濟南、揚州讀〔mɔ〕、溫州
讀〔mɔu〕等，均可證之。《廣韻》肴宵二韻，除了在今本《玉篇》有混用之
例，詩人用韻中亦頗見之，如【初唐】飄郊梢_{喬知之 擬}_{古贈陳子昂}、【盛唐】霄朝遙巢橋_{李白 憶}_舊
_{遊寄譙郡}_{元 參 軍}、趫驕鞘郊髇_{李白 行行}_{遊 且 獵} 篇，那麼，為了顧及《廣韻》肴宵二韻，在今本《玉
篇》有混用之事實，本文以為將交（肴）韻擬作〔-ɔu〕，無疑地將更為合適。
則效攝韻母之音值略擬如下：

　　　　刀老到　　　開口洪音〔-ɑu〕　　　交巧孝　　　開口洪音〔-ɔu〕

　　　　遙小照　　　開口細音〔-jɛu〕　　　幺了弔　　　開口細音〔-ieu〕

7、流　攝

　　今本《玉篇》流攝有侯、由二韻系，當中侯韻系相當於《廣韻》侯韻系、
由韻系則包括《廣韻》尤、幽二韻系。此二韻系彼此間又頗有牽涉，與《廣韻》
侯尤幽三韻可以「同用」相應。二韻系混用例有，以《廣韻》侯切尤：矛，莫

侯切（《廣韻》莫浮切）、鉘，扶侯切（《廣韻》縛謀切）、牟，亡侯切（《廣韻》莫浮切）、篘，初婁切（《廣韻》楚鳩切）、鎪，山逅切（《廣韻》所祐切）、犹，尤豆切（《集韻》尤救切）。本文將《廣韻》尤幽二韻系合併，除了基於反切下字得以系聯一類，此外還有一些二韻系混用的事實。如以《廣韻》尤切幽：樛，居秋（《廣韻》居蚪切）、璆，奇樛切（《廣韻》居幽切）、朻，居秋切（《廣韻》居蚪切）、滮，皮留切（《廣韻》皮彪切）、繆，眉鳩、眉救二切（《廣韻》武彪切又目謬二音）、蘩，亡侯切（《廣韻》武彪切）；以有切黝：赳，居柳切（《廣韻》居黝切），這些例子共達 7 次之多，以《廣韻》幽韻系在今本《玉篇》中共 39 例來看，其混用的比例不能算低。此外，從異體字音切的對應上，亦可見其端倪。如「樛」，眉救切，「亦謬字」，謬，靡幼切，可知幼救二字音當同類。《廣韻》尤侯幽混用，甚至是尤幽合部，自南北朝以迄隋唐，便是很普遍的現象。如王力（1991a）云：「關於尤侯幽三韻，全南北朝詩人是一致的；三韻完全沒有分用的痕跡。尤侯大約只是開、合口的分別；尤與幽恐怕就完全無別了。」而唐詩用韻不管古體或近體，尤幽二韻混押之例更多其例（鮑明煒，1986：362～363、372～373），不勝枚舉。

此外，另有以《廣韻》篠韻切黝韻之例，如「眑」，於皎（篠）切（《王一》於糾（黝）反）、以《廣韻》幽韻切宵韻之例，如「瀌」，扶彪（幽）切（《切三》甫喬（宵）反）、以《廣韻》厚韻切姥韻之例。此二例均屬效流二攝混用之例，敦煌王梵志詩中即有豪尤通押之例（謝佩慈，1999：18）。又今本《玉篇》潽字，偏母切，查今本《玉篇》領首字並無「母」字，亦未見與「母」字為異體者，卻出現以「母」字為切之例，恐怕是漏收「母」字之故。《切韻》《廣韻》無「潽」字，「母」字歸厚韻，《集韻》潽，頗五切，今本《玉篇》以「母」切「潽」，或可視為流遇二攝混用之例。中唐詩人用韻中，「母」字經常與遇攝字通押（耿志堅，1990b），如母父土否古 ^盧石請客 ^全、女撫所語聚苦暑母 ^白居易念金鑾子、母苦 ^夏旱母別子、母處去 ^李神仙曲 ^賀、酒壽母父 ^元將進酒 ^稹。而初唐王梵志詩中亦多處以「母」字與遇攝字合用，[註110] 今本《玉篇》以「母」字切姥韻字，或者正是實際語音現象的呈現。王

〔註110〕例子有六：女母語母肚（卷中）、母不戶與母戶（卷中）、女補去處母婦父（卷中）、
母醜語土護（卷中）、婦故母付戶肚住汝（卷中）、女處婦袴五母肚虎處苦（零卷）。
見張鴻魁（1999：522～541）「王梵志詩韻譜」。

力（1985：256）認爲，晚唐「尤侯的脣音字大部份（如『部』、『婦』）轉入了魚模」。不過，今本《玉篇》所見部、婦等字，尚未見此種現象。

從韻圖的結構看來，流攝是歸於開口，侯韻居一等，尤幽居三等。關於尤侯二韻的中古音值，近代學者有主張作單元音〔o〕，有主張作複元音〔əu〕及〔ou〕。不過從梵漢對音材料看來，唐以後尤侯韻當已不讀作〔u〕。邵榮芬（1982：130）指出：

> 唐以前多用虞、模韻字對譯梵文的 o，尤、侯韻字對譯梵文的 u 和 u。
> 到了唐代，梵文的 o 仍然多用虞、模韻字對譯，可是梵文的 u 和 u
> 也多改用虞、模韻對譯。這一事實可以證明虞、模韻的主要元音唐
> 以前是〔o〕，唐以後變〔u〕，也可證明尤、侯韻的主元音唐以後不
> 是〔u〕。

單元音的說法行不通，因此我們傾向複元音。另一方面再顧及《廣韻》尤侯韻，在今本《玉篇》中有與東韻對轉的事實，以陳新雄所擬〔ou〕較爲妥當。並且現代方言如北京、濟南、西安、太原、漢口侯韻字均讀〔ou〕。尤韻與東韻三等對轉，且今本《玉篇》侯、由二韻系有相通之例，因此可擬作〔-jou〕。流攝韻母之音值試擬如下：

　　　　侯口候　　開口洪音〔-ou〕　　　　由九救　　開口細音〔-jou〕

二、陽聲韻類及入聲韻類

1、咸　攝

今本《玉篇》含韻系相當於《廣韻》覃韻系、甘韻系本相當於談韻系、減韻系相當《廣韻》咸韻系、咸韻系相當《廣韻》銜韻系、廉韻系相當《廣韻》鹽韻系、兼韻系相當《廣韻》添韻系、嚴韻系則包括《廣韻》嚴、凡二韻系。不過，各韻系之間還有不小變化，分述如下：

（1）含韻系、甘韻系

今本《玉篇》含、甘二韻系有別，除了反切下字可系聯爲兩類，另外可從「礏」字以才合、才盍二切爲異讀，看出《廣韻》合盍二韻，在今本《玉篇》中仍是分別的兩類。但二韻系之間仍有混用字例，如以《廣韻》談切覃：醶，而三切（《王二》那含反）、聃，如甘切（《廣韻》那含切）；以敢切感：䭵，思

敢切（《集韻》桑感切）、菡，胡敢切（《王二》胡感反）、萏，徒敢切（《王二》徒感反）、腩，奴敢切（《王二》奴感反）、黲，烏敢切（《王一》七感反）、黵，烏敢切（《王二》烏感反）；以盍切合：靸，先盍切（《王二》蘇合反）。另有甘（談）韻系與咸（銜）韻系混用，如莟，胡監（銜）切（《王二》下瞰（闞）反），不過，我們懷疑今本《玉篇》此切語下字「監」，乃「濫」字之脫誤，因為《名義》此字切語正作「胡濫反」，以唐時訛俗字之氾濫，這種可能性並不能說沒有，況且《廣韻》談銜二韻混切的例子，亦不見其他語料中。

南北朝詩人用韻，「覃不與談混」（王力，1991a：50），陸德明《經典釋文》及玄應《一切經音義》則都有少數混用之例。唐人詩歌用韻也見有少數混用的情形，大概到了唐代，覃、談二韻系始有混用的跡象。其中以上聲敢感二韻合用最為明顯，除了上述混用例之外，在異體字之間也出現混用，如轗，苦敢切，「亦作坎」，坎，苦感切。《經典釋文》以敢切感的混用例，亦是以敢字切感韻。至此大約可見唐時「敢」字與感韻關係已趨密切，不過，由於今本《玉篇》「敢」仍作古膽切，並且切有不少敢韻之字，故仍置於敢韻下。其次，如所見敦煌詩【盛唐】潭帆南甘^{閭丘曉}_{夜渡江}、【中唐】鹹甘嫌堪耽藍貪讒^{姚　合}_{新昌里}、【敦煌歌辭】三含南^{佚　名}_{百歲篇}、三談南^{佚　名}_{百歲篇}，這些詩歌用韻雖只止四例，但可以明顯看出談韻的「三」、「甘」二字有混入覃韻的趨勢。再看看今本《玉篇》中用以切《廣韻》覃韻的談韻字，正有「三」、「甘」二字（參見音節表咸攝 14-3 如母），今本《玉篇》的切語，可說是細微地體現出，唐代覃談二韻實際用韻的跡象。

陳新雄將《廣韻》覃韻系之主要元音擬作〔ə〕，談韻系作〔ɑ〕，前者為央元音，後者為後低元音，似乎不合今本《玉篇》覃談混用的事實，邵榮芬（1982）談韻系仍作〔ɑ〕，覃韻系則作〔ɒ〕，聲音關係就很接近了。今本《玉篇》含、甘二韻系之擬音如下：

| 含感紺 | 開口洪音〔-ɒm〕 | 合 | 開口洪音〔-ɒp〕 |
| 甘敢濫 | 開口洪音〔-ɑm〕 | 盍 | 開口洪音〔-ɑp〕 |

（2）減韻系、咸韻系

《廣韻》咸、銜二韻系，在今本《玉篇》中有不小的變化，其中咸韻平聲已混入銜韻平聲（參見音節表咸攝 14-7），除了切語下字得系聯為一類之外，另外，也有混用例子為證，如以《廣韻》銜切咸：獑，山監（銜）切（《王二》

所咸（咸）反）、喃，女銜（銜）切（《廣韻》女咸（咸）切）；以《廣韻》鎌切檻：摰，山湛（鎌）切（《廣韻》山檻（檻）切）；以《廣韻》鑑切陷：獂，阻懺（鑑）切（《集韻》莊陷（陷）切）；以《廣韻》洽切狎：㮇，胡夾（洽）切（《集韻》轄甲（狎）切）；以《廣韻》狎切洽：驟，士甲（狎）切（《集韻》實洽（洽）切）。此外，《廣韻》銜凡二韻，在今本《玉篇》中也有混用的情形，如颿，「古文帆」，扶巖（銜）切（《王二》扶芝（凡）反），盛唐、中唐詩人用韻中，亦可見銜凡合用之例：【盛唐】衫（銜）銜（銜）巖（銜）監（銜）帆（凡）^{杜甫 魏
將 軍 歌}、銜（銜）巖（銜）杉（咸）帆（凡）緘（咸）^{劉長卿 送
孫逸歸盧山}（耿志堅，1989a：148）；【中唐】巖（銜）帆（凡）嵌（銜）^{王建 奉同曾郎中
題石甕寺得嵌韻}、凡（凡）巖（銜）帆（凡）杉（咸）^{陳翊 寄邵
校聿楚長}（耿志堅，1989b：462）、巖（銜）帆（凡）髯（鹽）簾（鹽）^{劉禹錫 貞元中侍郎舅
氏牧華州時余忝科第}（耿志堅，1989c：327）可見今本《玉篇》颿（帆）字與《廣韻》銜韻字混用之有據，尤其是帆、巖二字的關係十分明顯。今本《玉篇》減、咸二韻系之韻母擬音如下：

| 減陷 | 開口洪音〔-ɐm〕 | 洽 | 開口洪音〔-ɐp〕 |
| 咸檻鑑 | 開口洪音〔-am〕 | 甲 | 開口洪音〔-ap〕 |

（3）嚴韻系

《切韻》中嚴、凡二韻系在今本《玉篇》中已合併，參見音節表咸攝14-13、咸攝14-14。其中，《廣韻》嚴韻上聲儼、广二字，今本《玉篇》皆作宜檢切，並且「儼」字所切儉、旖二字皆琰韻字，可知《廣韻》儼韻在今本《玉篇》中尚未獨立。《切韻》嚴韻無上去二聲，到了王仁昫才增加的，據此，或可推定今本《玉篇》的時代，當晚於《切韻》，而早於王仁昫。不過，也有另一種可能是，今本《玉篇》承襲原本《玉篇》的切語所致，如「儼」字，《名義》亦正作宜檢反。此外，《廣韻》釅韻「欠、俺」等字，今本《玉篇》均以《廣韻》梵韻字爲切，這或許是受到王仁昫歸韻的影響，《王一》、《王三》便是把二字歸入梵韻。又《廣韻》嚴韻系在今本《玉篇》中，除了上聲與琰韻同用外，且平聲醃，於炎（鹽）切（《切三》於嚴（嚴）反）、腌，於瞻（鹽）切（《廣韻》於嚴（嚴）切），則是《廣韻》嚴鹽二韻混用之例，可見今本《玉篇》嚴韻系與廉（鹽）韻系的關係不會太遠。《廣韻》凡（嚴）韻系，在今本《玉篇》既是併爲一類，那麼究竟該歸開口或是合口？依照混用情形看來，皆爲《廣韻》嚴韻系混入凡韻系，因此，我們認爲應該屬於合口一類。其韻母音值擬測如下：

嚴鐔劒　　合口細音〔-juɐm〕　　劫　　　　合口細音〔-juɐp〕

（4）廉韻系、兼韻系

今本《玉篇》廉（鹽）韻系與兼（添）韻系分別獨立，只有少數混用字例，以《廣韻》鹽切添，如蒹，古廉（鹽）切（《王一》《王二》古甜（添）反）、荼，徒廉（鹽）切（《王一》徒兼（添）反）；以添切鹽，如槻，陵兼（添）切（《王三》力占（鹽）反）；以忝切琰，如壓，於簟（忝）切（《王一》於琰（琰）反）、黶，烏忝（忝）切（《王一》於琰（琰）反）、弇，於忝（忝）切（《王一》於琰（琰）反）；以㮇切豔，如艶，羊念（㮇）切（《王二》以瞻（豔）反）；以葉切怗，如曄，思獵（葉）切（《集韻》悉協（怗）切）、攝，徒獵（葉）切（《廣韻》徒協（怗）切）等。又有與它韻系混用者，除了有以《廣韻》琰切儼之例，已述於嚴韻系下之外，再如以《廣韻》豔切陷：陷，尺焰（豔）切（《王一》尺陷（陷）反）；以《廣韻》線切琰：笑，丘卞（線）切（《王二》巨險（琰）反，《廣韻》丘广（琰）切）。「笑」切語下字「卞」，是否為「广」之形訛？從唐人俗寫文字中，多「增省點畫」之書寫風格看來（路復興，1986：53），恐怕也是不無可能的，因此這個山咸二攝混用的例子，便未必成立。

由於《廣韻》鹽韻系，在今本《玉篇》中與凡（咸）韻系頗有混用之事實，二者之主要元音理當擬得近些，嚴韻系既作〔ɐ〕，廉（鹽）韻系則作〔æ〕為妥，董同龢（1993）即擬作此，而兼（添）韻系擬作〔ɛ〕，也能說明其與廉（鹽）韻之關係。今本《玉篇》廉、兼二韻系之韻母音值擬如下：

廉檢豔　　開口細音〔-jæm〕　　涉　　　　開口細音〔-jæp〕
兼簟念　　開口細音〔-iɛm〕　　頰　　　　開口細音〔-iɛp〕

2、深　攝

今本《玉篇》林韻系與《廣韻》侵韻系相當，並且其表現與《廣韻》同用獨用例中規定侵韻「獨用」的情況一致。《廣韻》侵韻系在今本《玉篇》中未見與它韻系互切者，[註111] 唐代古體詩歌用韻中，侵韻系偶有與它韻系合押者，有侵覃合用者如：深駸林人今南李邕叶有道碑；侵真合用者如：侵陰林塵心森尋深襟禽

〔註111〕今本《玉篇》㺜字有山林（侵韻）、山監（銜韻）二切，釋義作「犬容頭進也，賊也」。《廣韻》所咸切（咸韻）底下的釋義作「犬容頭進也」，則此例當屬銜咸二韻混用之例為妥。

包融　酬
忠公林亭；侵痕合用者如：恩尋^{王梵志}。不過這極少數的合用例子，與當中大量的侵韻系獨用韻例相較之下，卻是微不足道的。近體詩歌用韻則全然未見與它韻系合用的痕跡（鮑明煒，1986：374～384）。今本《玉篇》林韻系雖不與它韻系混用，然其切語則多與含（覃）韻系構成異讀，如：齧，於林、於南二切；醅，於今、於南二切；暗，於金、於甘二切；參，所金、七耽二切，據此，我們推想今本《玉篇》林韻系與含韻系的聲音關係應當比較接近。前文我們將含韻系的主要元音擬作〔ə〕，則林韻之平上去聲音值可擬作〔-jəm〕，入聲擬作〔-jəp〕。向來深攝侵韻的上古音便是作〔-jəm〕，可見今本《玉篇》林韻系的發展，自上古以來並無太大的變化。

3、山　攝

（1）安韻系、丸韻系

今本《玉篇》安韻系相當於《廣韻》寒韻系、丸韻系相當於桓韻系，是有分別的兩個韻系。《切韻》系韻書在王仁昫以前二韻系是合併的，到了孫愐《唐韻》桓韻才獨立出來。不過，今本《玉篇》丸（桓）韻系唇音字的分化，尚未十分完全，因為大部分的丸（桓）韻系唇音字，仍是以安（寒）韻系字為切，例子可參見音節表山攝20-1。陸德明《經典釋文》中已見其例（王力，1991b：96），以下所舉都是《廣韻》寒韻系切桓韻系唇音之字例：般，薄寒反、磐，步干反、槃，步干反、鞶，步干反、胖，步丹反、潘，判丹反、瞞，莫干反、曼，莫干反、漫，末旦反……等共二十例，只不過，《經典釋文》中二韻的混用現象，並不止於唇音開口切合口，因此更為複雜。《唐韻》大約寫成於玄宗開元、天寶年間，儘管當中表現出寒、桓二韻系分立，在其後的詩人用韻中卻仍不乏二韻系混用之例，如唐代貞元前後之詩作：言（元）難（寒）丹（寒）盤（桓）歡（桓）
^{韓愈}
記夢、蟠（桓）安（寒）難（寒）完（元）^{柳宗元}
^{苞木卉}，此二例亦顯現桓韻唇音字與寒韻字混用的情形。

王力（1991b：97）云：「唇音字是雙唇接觸，與合口洪音的圓唇相似，所以開口的唇音字也可以切合口字，反過來也一樣。」因此，《經典釋文》、今本《玉篇》以及唐詩人用韻所表現的，唇音字開合口混切的情形，是可以理解的。而今本《玉篇》中顯現出來的，似乎唇音字比較傾向於開口一類，前面曾討論過的何（歌）、戈（戈）兩韻系，情況也是如此。

　　《廣韻》音系寒、桓與泰爲對轉之韻，今本《玉篇》一字兩讀中也透露相當的情況，如祋，丁外、丁括二切；劊，古活、古會二切；軷，蒲蓋、蒲鉢二切等，又本文討論蟹攝時，已將泰韻之主要元音擬爲〔ɐ〕，則今本《玉篇》安、丸二韻系之韻母音值可擬如下：

　　　　安但旦　　開口洪音〔-ɐn〕　　　達　　開口洪音〔-ɐt〕
　　　　丸管亂　　合口洪音〔-uɐn〕　　　活　　合口洪音〔-uɐt〕

（2）閒韻系、關韻系

　　《切韻》中山、刪二韻系之開合口，在今本《玉篇》已分別合併，參見音節表山攝 20-5、20-6。茲舉平聲爲例，唐詩用韻中，刪山二韻混用之例頗多，據鮑明煒（1986）所整理的唐代詩文韻例，可以發現山韻的某些字經常與刪韻字混押，如「山」字，在古體詩中與刪韻合押者達 32 次，近體詩則達 12 次；「艱」字在古體詩中與刪韻合押 3 次；「間」字在古體詩中與刪韻字合押 21 次，近體詩則達 12 次；「閑」字在古體詩中與刪韻字合押 8 次，近體詩則達 4 次。反觀山、刪二韻的獨用例，古體詩山韻獨用僅 1 次，刪韻獨用 10 次；近體詩山韻獨用 4 次，刪韻獨用 16 次，其中山韻獨用例中的用字，都是屬於經常與刪韻合押的「山」、「間」、「閑」三字，如：間山^{宋之問}_{答田征軍}、閑山^{張說 耗磨日}_{飲三首其三}等，看來山韻的獨立性似乎值得懷疑。再從今本《玉篇》的切語表現如山，所姦切、艱，居顏切，「山」、「艱」二字均《切韻》山韻字，卻都以《切韻》刪韻字切之，其它如上、去、入三聲與刪韻上、去、入三聲混用的情形，也與平聲相當，相關之討論於前系聯切語時已有說明，此不贅述。凡此或可證明唐代山韻系與刪韻系確實有著相當密切的關係。邵榮芬（1997：317）亦云：「在唐代山、刪不分是極常見的事。不僅《千字文》對音和《開蒙要訓》的注音如此，玄應和慧琳的《一切經音義》以及《五經文字》的反切都是如此。」

　　陳新雄所擬測《廣韻》韻系中，刪韻系爲與夬韻對轉之韻部，山韻系則與皆韻系對轉，但是《廣韻》刪山二韻系，在今本《玉篇》已合併，並且《廣韻》夬韻在今本《玉篇》中也已非獨立韻部，因此其對應情況有所改變，我們將之調整爲刪（山）韻系與皆韻系之對應，今本《玉篇》一字兩讀的例子，也呈現《廣韻》皆韻與刪韻入聲對轉，如尬，公拜（怪）、公鎋（鎋）二切。在蟹攝的討論中，我們將今本《玉篇》皆韻系之主要元音擬作〔a〕，則閒、關二韻系之

韻母音值可擬如下：

　　　　閒板諫　　開口洪音〔-an〕　　　點　　開口洪音〔-at〕

　　　　關　患　　合口洪音〔-uan〕　　　八　　合口洪音〔-uat〕

（3）連韻系、緣韻系、田韻系、玄韻系

　　今本《玉篇》連韻系相當於《廣韻》「仙一」、緣韻系相當於「仙二」、田韻系相當於《廣韻》「先一」、玄韻系相當於「先二」。《廣韻》仙、先二韻系，在今本《玉篇》中為分別獨立之韻系，不過，二者仍有混用之例。除了《廣韻》仙韻合口去聲中，屬《切韻》音系之 A 類重紐字（李榮，1973：39），併入先韻合口去聲之外（參見音節表山攝 20-19），其它如平聲以《廣韻》仙切先：婹，胡連（仙）切（《集韻》胡千（先）切）；上聲以《廣韻》彌切銑：穎，乎善（彌）切（《廣韻》胡典（銑）切）；入聲以《廣韻》屑切薛：哷，縷決（屑）切（《廣韻》力輟（薛）切）等。

　　又《廣韻》仙韻系與元韻系之關係，在今本《玉篇》中表現象相當密切，尤其是開口的部分。如元韻系開口上聲已併入仙韻開口上聲，見音節表山攝 20-13。此外還有一些混用之例，如：平聲以《廣韻》仙切元：墦，扶員（仙）切（《廣韻》附袁（元）切）；平聲以《廣韻》元切仙：宣，思元（元）切（《王一》須緣（仙）反）、瑄，音宣（元）（《廣韻》須緣（仙）切）、鬈，渠袁（元）切（《王一》巨員（仙）反）、蠸，巨袁（元）切（《王一》巨員（仙）反）；去聲以《廣韻》線切願：汳，皮變（線）切（《王一》芳万（願）反）；以《廣韻》線切阮：笲，蒲變（線）切（《廣韻》扶晚（阮）切）等。唐詩用韻亦不乏阮獮混押之例，如：遠（阮）轉（獮）^{唐太宗詠弓}、苑（阮）遠（阮）卷（獮）晚（阮）^{唐高宗萬年宮碑銘}、苑（阮）轉（獮）畹（阮）晚（阮）遠（阮）^{許敬宗竹賦}、遠（阮）遣（獮）善（獮）卷（阮）返（阮）^{張廷珪彈碁賦}。

　　此外，今本《玉篇》「宣」字以《廣韻》元韻切之，在初唐詩人王梵志的詩歌中，可找到相應的例證，如〈尊人〉言（元）宣（仙）合押，可見初唐以來「宣」字已有讀入元韻的初步現象。而《經典釋文》亦見以元切仙之例，如拳，徐邈又己袁反（《王一》巨員反），則可證今本《玉篇》以「袁」字切仙韻字，也是有跡可循的。陳新雄擬測《廣韻》仙、先二韻系之音值時，主要依據二韻分別與祭、齊二韻的對轉關係，而今本《玉篇》也常見《廣韻》齊與先、祭與仙形成兩讀的例子，如洒，先禮（薺）、先殄（銑）二切；洗，先禮（薺）、先典（銑）

二切；濿，息面（線）、須芮（祭）二切；錣，竹劣（薛）、竹芮（祭）二切等等，是亦可比照處理，則今本《玉篇》連韻系、緣韻系、田韻系、玄韻系之韻母音值可擬如下：

連善戰	開口細音〔-jæn〕	列	開口細音〔-jæt〕
緣兗眷	合口細音〔-juæn〕	劣	合口細音〔-juæt〕
田典見	開口細音〔-iɛn〕	結	開口細音〔-iɛt〕
玄犬絹	合口細音〔-iuɛn〕	穴	合口細音〔-iuɛt〕

（4）言韻系、袁韻系

今本《玉篇》言韻系相當於《廣韻》「元一」、袁韻系相當於「元二」，《廣韻》元韻系在今本《玉篇》中基本上為一獨立韻系，只不過，其與仙韻系之關係如前所述，並不容忽視。《廣韻》魂韻系在今本《玉篇》中與元韻系之關係則頗疏，所見以《廣韻》元切魂之例，如糯，亡原（元）切，《廣韻》亡奔（魂）切、趣，莫煩（元）切（《廣韻》莫奔（魂）切），例子很少。「原」字在唐人詩作中經常與魂韻字通押。所見如元魂合用例：原反繁門 令狐德棻 大唐故柱 國燕國公于君碑銘、奔昏元門 原垣 崔湜 野潦賦、原昏 司馬太貞 紀功碑、奔園原存 蘇頲 章懷太子 良娣張氏神道碑、原魂存孫言 張說 邠王府長 史陰府君碑銘、存原門 言 張說 元州司戶上 柱國呂君墓志銘、源園溫原猿門 王泠然 淮 南寄舍弟等，例子並不少，可見「原」字在唐時與魂韻的關係並不淺，今本《玉篇》以「原」字切魂韻字，大約是反映這個現象。總的來說，《廣韻》元韻系在今本《玉篇》中的表現，與唐人古體詩「元與魂痕多通押」（鮑明煒，1986：150）的情形不同，也與《廣韻》元魂痕可以「同用」的規定不同，它與仙韻系之關係是較為密切的。

元韻系的押韻情況，在唐人詩歌用韻中表現出一種有趣現象，即同一個詩人的韻例中，元韻系既與魂痕韻系混押，亦與仙韻系通押的情形，屢見不鮮。這些詩人有個共同特色：都是初唐時人，其中還包括一些隋代遺臣，如許敬宗、虞世南。齊梁陳隋時期，元魂痕一部，到了陸德明《經典釋文》及朱翱反切中，元韻已同先仙一類，這當中必定有個過渡的環結，我們認為，此隋唐之交乃是元韻系音變的過渡期，因而這些初唐詩人乃游走於二端。據封演《聞見記》所載，許敬宗於「國初」曾對於一些「窄韻」，「奏合而用之」，或者正在此時期，而我們由《廣韻》注明「元魂痕同用」看來，許敬宗當初「奏合而用之」的是

元魂痕三韻，〔註112〕原因大概是為了保留前代詩人的用韻習慣。〔註113〕

　　《廣韻》元韻系與廢韻，在今本《玉篇》中呈對轉關係，本文於蟹攝之討論已擬吠（廢）韻之主要元音作〔ɐ〕，則今本《玉篇》言、袁二韻系之主要元音亦作〔ɐ〕，並且如此一來，也很好解釋《廣韻》元仙二韻系，在今本《玉篇》中之密切關係，因為今本《玉篇》連、緣二韻系之主要元音正作〔æ〕。今本《玉篇》言、袁二韻系之韻值可擬如下：

言　建	開口細音〔-jɐn〕	謁	開口細音〔-jɐt〕
袁遠萬	合口細音〔-juɐn〕	月	合口細音〔-juɐt〕

4、臻　攝

（1）恩韻系

　　今本《玉篇》恩韻系相當於《廣韻》痕韻系，其入聲字如麧、齕、紇、杚、淈等字，均以《廣韻》沒韻字為切。周祖謨（1980：353～354）認為《名義》痕韻系包含入聲紇韻，其理由如下：

　　　齕，《名義》形結反，不讀此韻（紇韻）。但《經典釋文》又恨沒切，

　　　《廣韻》下沒、胡結二切，與《釋文》同，是紇字亦可讀作恨沒反。

　　　今《名義》以紇字所切之抈當在此韻。

此處成立紇韻的理由並不夠充分，即使認為紇字讀作恨沒切，那麼似乎也是與沒韻的關係較近。其所以仍將痕韻入聲獨立出來，恐怕是受到曹憲音的影響，其又云：「〈廣雅・釋蟲〉『齕』下曹憲音亦云痕之入。」（周祖謨，1980：386）曹憲大約是隋唐時人，或許當時語音中痕韻入聲確實存在。不過，《切三》、《王一》、《王二》、《廣韻》等韻書則都是寄於沒韻之下，韻目之排列亦不見與痕韻相對之入聲韻目。《韻鏡》沒韻既出現在外轉十七開與痕韻對應，於外轉十八合亦與魂韻對應，也反應了痕韻入聲字以沒韻為切的現象。《七音略》、《四聲等

〔註112〕宋本《廣韻》每卷韻目下所注獨用、同用之例，雖然是景祐年間經過修改的結果，已非許敬宗之舊注（參見戴震《聲韻考》卷二），不過，所修改者乃是「合欣於文，合隱於吻，合焮於問，合廢於隊、代，合嚴於鹽、添，合儼於琰、忝，合釅於豏、檻，合業於葉、怗，合凡於咸、銜，合范於賺、檻，合梵於陷、鑑，合乏於洽、狎」，並未論及元魂痕諸韻，是以《廣韻》元魂痕諸韻同用，當是襲用許敬宗所定者。

〔註113〕王力（1991a：50）云：「元魂痕在南北朝沒有分用的痕跡」。

子》、《切韻指南》對痕韻入聲的安排與《韻鏡》一致，《切韻指掌圖》的安排則較近於《韻書》。也許痕韻入聲在隋唐以前曾爲獨立韻部，但是後來與沒韻的界限逐漸模糊，甚至完全混用了。韻圖中臻攝除了痕韻系，其它韻系都是四聲相承，痕韻系的這個缺角則破壞了整個結構的平整，因此從《韻鏡》以來即安排沒韻與魂痕二韻相配，亦可見編者之用心。今本《玉篇》恩（痕）韻系未與它韻混用之跡，《廣韻》痕、咍二韻系，在今本《玉篇》中呈對轉情形，今本《玉篇》來（咍）韻系之主要元音爲〔ə〕，則恩韻系之音值可擬如下：

　　　恩很恨　　開口洪音〔-ən〕

（2）昆韻系

今本《玉篇》昆韻系相當於《廣韻》魂韻系，與它韻系混用極少，除了一、二例與《廣韻》元韻系混用之外，所見還有如以《廣韻》魂切諄：笔，古魂（魂）切（《廣韻》咎倫（諄）切）；以沒切薛：呐，奴骨（沒）切（《廣韻》女劣（薛）切）。初盛唐的詩歌用韻也見有魂諄混用之例，如：門（魂）春（諄）^{魏徵 砥}_{柱山銘}、尊（魂）踆（諄）崙（魂）溫（魂）奔（魂）^{楊炯}_{渾天賦}等。至於以沒切薛的例子，唐代詩歌雖未見，不過盛唐詩有質薛屑三韻混押之例，如烈（薛）齧（屑）結（屑）蜜（質）^{釋慧超　冬日在吐}_{火羅逢雪述懷五言}。《廣韻》魂韻系與灰韻系對轉，今本《玉篇》此二韻系亦形成一字兩讀，如幃，奴回（灰）、奴昆（魂）二切；頢，口骨（沒）、口回（灰）二切，故其主要元音可擬作〔ə〕，則今本《玉篇》昆韻系之音值可擬如下：

　　　昆本困　　合口洪音〔-uən〕　　骨　　　合口洪音〔-uət〕

（3）真韻系、倫韻系

今本《玉篇》真韻系包括了《廣韻》真、臻、殷三韻系。《廣韻》臻韻系，在今本《玉篇》中併入真韻系，從切語系聯的結果如此（參見臻攝 9-4、臻攝 9-5），個別切語也都見有混用的例子，如以《廣韻》真切臻：

榛，側銀切（《廣韻》側詵切）、蓁，疾陳切（《廣韻》側詵切）、獉，所陳切（《廣韻》所臻切）、樼，所銀切（《廣韻》所臻切）、詵，所陳切（《廣韻》所臻切）、籸，山人切（《廣韻》所臻切）、夆，所陳切（《廣韻》所臻切）、兟，所巾切（《廣韻》所臻切）、莘，所巾切（《廣韻》所臻切）、莘，所巾切（《廣韻》所臻切）、甡，所巾切（《廣韻》所臻切）、駪，所巾切（《廣韻》所臻切）、屾，所因切（《廣韻》所臻切）、駪，所巾切（《廣韻》所臻切）、阰，所陳切（《廣韻》

所臻切）、臻，側巾切（《廣韻》側詵切）、溱，側銀切（《廣韻》側詵切）、凗，側銀切（《廣韻》側詵切）。

以《廣韻》質切櫛：

瑟，所乙切（《廣韻》所櫛切）、颸，所乙切（《廣韻》所櫛切）。

此外，唐人詩歌用韻也多見有眞臻同用之例（鮑明煒：1986），這些例證都很充分地顯示《廣韻》眞臻二韻系，在今本《玉篇》中合併的事實。董同龢（1993：171）認爲「二等臻櫛二韻只有莊系字，而同轉的三等眞質兩韻都沒有相當的上去聲韻，由此可知臻與櫛實在可以併入眞與質的，韻書把他們獨立成韻，恐怕是介音 j 比較不顯著的緣故。」董氏對於眞櫛二韻果然觀察入微，今本《玉篇》及唐人詩歌用韻眞臻合併或可證實此看法。

又《廣韻》殷、眞二韻系，在今本《玉篇》中亦已合併，除了切語得以系聯之外，亦見混用之例。如以《廣韻》眞切殷：斤，居垠切〔註114〕（《切三》舉欣反）；以《廣韻》震切焮：靳，居覲切（《王一》、《王二》居焮反）；以《廣韻》焮切震：覲，奇靳切（《王二》渠遴反）；以《廣韻》質切迄：疙，巨乙切（《廣韻》其迄切）、疙，牛乙切（《廣韻》魚迄切）。此外異體字之間亦見二韻混用之跡，如：釁，「或作衅」，均有「以血祭」之義，釁，許靳切、衅，虛鎭切。其與眞韻系的關係比文韻系來得密切，《廣韻》同用獨用例雖云「文欣同用」，但是《廣韻》「上平聲卷第一」之韻目中，欣韻的切語卻是作「許巾」，這或許是傳抄過程中，不經意地保留了前代的切語，卻是彌足珍貴，因爲它爲我們透露出前代的音韻現象。王力（1991d：193）從《一切經音義》中整理得到眞殷混切的例子，並云：「欣應歸眞，段玉裁從杜甫詩中看出。現在在玄應反切中也可以得到證明。」杜甫（712～770）約當中唐時期詩人，與今本《玉篇》之時代相當，可見今本《玉篇》眞殷混用例，正透露了當時的語音狀況。

《廣韻》眞、諄二韻系，在今本《玉篇》中亦分別獨立，除了從切語系聯得到這樣的結果，另外取個別切語與《廣韻》對照比較，也明顯可見二韻系基本上有別。只不過，當中亦存有混用之例，如以《廣韻》眞切諄：筠，有旻切（《廣韻》爲贇切）、縜，于貧切（《廣韻》爲贇切）、囩，于巾切（《廣韻》爲贇

〔註114〕今本《玉篇》「垠」有五根、五巾二切，今以水部浪「亦作垠」，音牛巾切，又今本《玉篇》欣韻系之去、入聲均與眞韻系關係密切，據此判斷此乃眞欣混用之例。

切）；以《廣韻》諄切眞：霦，碧倫切（《廣韻》府巾切）；以《廣韻》質切術：

口戌，息必切（《廣韻》心聿切）、衃，先筆切（《廣韻》辛聿切）、窦，知密切

（《廣韻》竹聿切）、璽，所密切（《廣韻》所聿切）、茟，惟畢切（《廣韻》餘聿

切）；以術切質：燁，卑出切（《廣韻》卑吉切）。

　　《唐韻》以前，韻書中眞諄合併，以後才劃分開來，我們可從《唐韻》殘

卷入聲質、術有別看出。不過，劃分初始恐怕尚有分之未盡的情形，如《廣韻》

中眞諄雖然有別，卻有少數諄韻字仍遺留在眞韻中，如眞韻小紐字「筠」及所

領諸字、「囷」及所領諸字、「贇」及所領諸字。所幸從切語上很明顯地能夠知

道，這些字的正確歸屬。由於《廣韻》有很大成分承繼《唐韻》，因此我們推定

《唐韻》中也有類似現象。今本《玉篇》所見之混用例，也正殘留二韻分之未

盡的痕跡。

　　唐代詩歌用韻多見有眞諄二韻系混用之例，根據鮑明煒（1986）的唐詩文

韻譜加以統計，古體詩中眞諄同用例高達 156 例、軫準同用例有 3 例、震稕同

用例達 12 例、質術同用例達 77 例；近體詩中眞諄同用例亦高達 128 例。但是

如果進一步觀察韻例之用字，可以發現某些諄韻字押入眞韻的比率相當高，如

「春」字單獨與眞韻字合用的韻例就高達 149 次，另外，我們從敦煌詩歌的用

韻中（謝佩慈：1999），也看到不少以「春」字單獨押入眞韻的例子，這一方面

顯見唐人喜用「春」字入韻，再則「春」字在不少唐代詩人的口中可能是讀開

口。不過，眞諄合用的情形主要是出現在初、盛唐時期，到了中晚唐以後就很

少見了。從《唐韻》及今本《玉篇》諄部獨立成部看來，也可印證這個現象。

　　敦煌晚唐古體詩的眞諄合韻例中，有以「筠」字與眞韻合用者，如臣人筠

^{張　永}
^{白雀歌}，今本《玉篇》筠，有旻切，以眞韻字切之，又正是此種用韻事實的細微

體現。《廣韻》眞諄二韻系與脂韻系有對轉之關係，今本《玉篇》一字兩讀亦呈

現此種關係，如坒，毗利、毗栗二切；因此在擬音上，其主要元音可參照，先

前我們在止攝的討論中，已將之脂二韻系合併之後的元音擬作〔e〕，則今本《玉

篇》眞、倫二韻系之音值可擬如下：

眞忍刃　　開口細音〔-jen〕　　　質　　　　開口細音〔-jet〕

倫尹閏　　合口細音〔-juen〕　　術　　　　合口細音〔-juet〕

　（4）云韻系

今本《玉篇》云韻系相當於《廣韻》文韻系。云（文）韻系與它韻系混切例極少，只有二例，如以《廣韻》問切諄：𪁈，似訓切（《切三》詳遵反）；以術切物：屈，巨律切（《切三》《唐韻》均衢物反），都是與倫（諄）韻系混切，則云（文）韻系的主要元音當與倫（諄）韻系極爲接近，唐代古體詩用韻中，也存有不少諄、文二韻系混押的例子（鮑明煒，1986：168～179）。王力根據《經典釋文》「一字兩讀」的資料，認爲當中微文二韻對轉，所舉例如：蟦，《釋文》無味（未）反，又扶云（文）反。今本《玉篇》也有一些相當的例子，如髴，芳勿（物）、芳味（未）二切；𡋯，呼物（物）、呼貴（未）二切；黂，扶沸（物）、父云（文）二切，則今本《玉篇》也與《經典釋文》情況相當，其主要元音爲〔ə〕，則韻母音值可擬如下：

　　　　云粉問　　合口細音〔-juən〕　　勿　　　合口細音〔-juət〕

5、梗　攝

（1）庚韻系、京韻系

《切韻》庚韻系包括二等開口字、合口字及三等開口字、合口字，今本《玉篇》的情況則是，將《廣韻》庚韻系二等合口，併入耕韻二等合口（參見音節表梗攝 11-5、梗攝 11-6）；庚韻系三等合口字併入三等開口，形成京韻系，並且一部分清韻系知組字也併入其中，參見音節表梗攝 11-3。而事實上，唐古體詩的用韻表現中，屬《切韻》三等合口的「兄兵榮」等字，便經常與《切韻》三等開口的「京迎英明」等字合用，如：英菊^{陳述達}詠 菊、榮明^{崔融}瓦松賦、平明榮^{王泠然}清泠池賦、平榮^{呂太一}土 賦、生行橫坑^{拾得}出家、兄生平京^{寒山}去年等。

《切韻》庚韻系莊組聲母，或用二等切下字，或用三等切下字，因而造成了歸類上的問題，有人主張視其切下字的等第來歸類，有人則主張不論切下字如何，一律歸二等。邵榮芬（1982：84）歸納《切韻》系各韻書，庚韻系莊組字用三等切下字的全部情況後，得到「《切韻》系韻書庚韻系莊組字哪些用二等切下字，哪些用三等切下字是基本固定，基本一致的。」換言之，庚韻系二、三等皆應有莊組字。從《篆隸萬象名義》中，邵氏又找到了「有力的證據」，因爲《名義》的表現，「生」字既作庚三系的切下字，又作清韻系的切下字，所以「除了承認『生』是三等字，似乎沒有別的選擇。」此外，又從越南漢字音找到證據，如安南譯音中，「生笙牲」等字便是譯作〔-in〕。這些證據對於說明庚

韻系莊組字存在三等的主張，是很有幫助的。

本文歸納今本《玉篇》庚、京二韻系莊組聲母，亦依其切下字歸類，同樣分居二、三等，只不過，如邵氏所言「哪些用二等切下字，哪些用三等切下字是基本上固定」的這個格局，已產生了變化，如：甥，所庚切（《切三》《王二》所京反）、猩，所庚切（《切三》《王二》所京反）、柵，楚格切（《切三》《王二》《唐韻》測戟反）、䃰，初格切（《切三》《王二》《唐韻》測戟反）、溹，所格切（《切三》《王二》《唐韻》所戟反）、索，所格切（《切三》《王二》《唐韻》所戟反）、趚，所格切（《切三》《王二》《唐韻》所戟反）。到了《廣韻》的變化尤其大，那些原屬《切韻》系韻書庚韻平聲三等的字，都變成了二等的字。格局既是可變的，那麼，當中變化的因子何在？

根據邵氏所整理，主張庚韻系莊組聲母歸二等說法的原因當中，有一條便是：

> 《切韻》莊組聲母讀〔tʃ〕等，在〔tʃ〕等後面〔i〕介音不顯著，因此庚韻系出現二等字用三等切下字的現象。

事實上，由於〔tʃ〕等後面〔i〕介音的不顯著，用來解釋庚韻系出現二等字用三等切下字的情形可以成立，反過來解釋庚韻系三等字用二等切下字的情形，也是可以成立的。今本《玉篇》庚韻系二等字只與耕韻系混用，而庚韻系三等則只與清韻系混用，其間界限非常明顯。至於莊組字為什麼會產生二、三等的混用，應該就是因為〔tʃ〕等後面〔i〕介音的不顯著的緣故，所以本來屬二等莊組字的，即使用三等字切，並不覺得有何不妥，而原本屬三等莊組字的，因為〔i〕介音的音質被削弱，讀來有些像二等的字，所以容易被二等字切之，也是很自然的。經過這番修正，以〔i〕介音的顯隱來說明庚韻系莊組二、三等混用的原因，與庚韻系三等有莊組聲母的主張，也不產生牴觸。邵氏（1982：83）曾反對這個說法，他說：「（知莊組聲母）同是舌尖混合音聲母，它們後面〔i〕介音的隱顯程度應該是相似的，為什麼庚韻系和麻韻系的知組聲母字都沒有出現用三等切下字的現象，而獨庚韻系的莊組字出現這種現象呢？」據此，他認為試圖用〔i〕介音的顯隱，來解釋庚韻莊組字反切下字二三等混亂的現象，是「有點勉強」的。不過，本文透過今本《玉篇》的觀察，發現庚韻系知組聲母，已開始出現三等切下字的現象了，所見有捏，丈生切（《王二》直庚反）一例。

這雖然是個孤證，但也可能代表一種音韻事實，因此邵氏的反對說法，也就有再商榷的空間了。

《廣韻》庚韻系在今本《玉篇》中，除了與耕、清二韻系混用之外（詳見耕韻系、清韻系之說明），也見有與曾攝字混用的情形。如以庚切蒸：憑，皮明切（《切三》、《王二》均扶冰反）。梗曾攝混用是西北方音的特色之一，而庚三與蒸韻字混用，則大約只限於敦煌一地。如敦煌詩中晚唐張永、張文徹之作，以及敦煌字書《字寶》當中的梗蒸混用之例，其中的梗攝皆庚三字，曾攝皆蒸韻字（劉燕文，1989：247）。據項楚（1993a：260）及王松木（1998：69）兩位先生的觀察結果，這些資料都是敦煌一地的材料。另外，求諸唐古體詩用韻，也有幾個梗、曾二攝通押之例，如英（庚）程（清）名（清）昇（蒸）明（庚）^{張九齡 故}^{果州長史}_{李公碑銘}、明（庚）傾（清）盈（清）乘（蒸）名（清）^{忽雷澄 曉}_{了禪師塔碑}。其中張九齡里籍為韶州曲江（今廣東韶關市），向達（2001：35）指出漢末以後，廣州已成為中西（西域）之交通要地，而唐代廣州猶為中西海上交通之唯一要地，則廣州一地受到西域文化之浸染，亦屬必然之事，張九齡在詩中表現出西北方音的用韻特色，今本《玉篇》亦然，應當都是受到這種方音的影響所致。

（2）耕韻系

今本《玉篇》耕韻系，包含了《切韻》耕韻系中的開、合二類，參見音節表梗攝 11-5、梗攝 11-6。《廣韻》耕韻系平去入三聲，在今本《玉篇》中有不少切語與庚韻系二等之平去入三聲對應混用，顯示其與庚韻系二等的關係極其密切。舉例如下，以《廣韻》庚切耕：莖，余更切（《廣韻》戶莖切）、閎，胡觥切（《廣韻》戶萌切）、嫈，於庚切（《廣韻》烏莖切）、鍧，呼觥切（《集韻》呼宏切）；以《廣韻》耕切庚：甍，莫耕切（《切三》、《王一》武庚反）、盲，莫耕切（《切三》、《王一》武庚反）；以《廣韻》梗切耿：綆，胡梗切（《廣韻》胡耿切）；以《廣韻》敬切諍：硬，五更切（《廣韻》五諍切）、鞕，牛更切（《廣韻》五諍切）、跰，補孟切（《集韻》比諍切）；以《廣韻》陌切麥：嘖，又白切（《王二》又白反，《廣韻》楚革切）、緙，口格切（《廣韻》楷革切）、捇，呼虢切（《王一》呼麥反）；以麥切陌：咋，側革切（《切三》《王二》《唐韻》鋤陌反）、酢，士革切（《切三》《王二》《唐韻》鋤陌反）、齰，士革切《切三》《王二》《唐韻》鋤陌反）、擇，徒革切（《王二》場伯反）、襗，除革切（《廣韻》場伯切）。

上列混用切語中，再仔細觀察，還可發現凡《切韻》耕韻合口，混切的對象就是庚韻二等合口，如閎、鍧二字；而《切韻》耕韻開口者，混切的對象就是庚韻二等開口，上述例子中除閎、鍧二字以外的皆是其例。這種現象，與慧琳《一切經音義》相當雷同，根據黃淬伯（1998：27）歸納得到的「更」部，下字可分庚、橫兩系，庚系包括「庚耕行生……」，即《切韻》耕韻開口與庚二開口合併；橫系包括「橫宏萌……」，即《切韻》耕韻合口與庚二合口合併。只不過，由於今本《玉篇》耕韻系開合口併韻，而庚二系開合口仍別，因此表現出來的並不如《一切經音義》這般齊整。《一切經音義》表現的大約是關中方音（黃淬伯，1998：5）。而周祖庠（2001：66～68）也以《名義》庚韻系二等與耕韻系爲一類。可能南朝至隋唐以來，南北方的實際語音中，庚韻系二等與耕韻系字正同步進行著這種混同的變化，今本《玉篇》也透過切語的變化呈現這種事實。不過，本文並未因此合併該二韻系，主要是透過切語下字的系聯，它們仍是可分的兩類，只是兩類字的內容已迥異於《切韻》了。

（3）盈韻系、營韻系、丁韻系

《廣韻》清韻開、合口二類，在今本《玉篇》中起有很大的變化。首先是合口的上入二聲（《切韻》清韻合口本來就沒有去聲），分別併入開口，而合併之後的開口上聲，又併納了青韻開口上聲，形成了今本《玉篇》盈韻系；未併入開口的合口平聲，則併納了青韻合口平聲字，形成了營韻系，參見梗攝 11-7、11-8、11-9。其次是清韻開口平聲知組的字，大都跑到庚韻三等，參見梗攝 11-3。從切語系聯來看是如此，而透過個別切語的混切情形，也可印證這種系聯結果。茲列舉《廣韻》清韻系與庚青韻系，在今本《玉篇》的混用例如下：

a、以清切青

坰，圭營切，《王二》古螢反；絅，古營切，《王二》古螢反；

楇，古營切，《王二》古螢反。

b、以靜切迥

醒，思領切，《切三》《王一》蘇挺反；泂，乎頃切，《切三》戶鼎反；

藖，奴領切，《廣韻》乃挺切；罤，他領切，《廣韻》他鼎切；

頲，他領切，《廣韻》他鼎切；濎，的領切，《廣韻》都挺切；

頂，丁領切，《切三》丁茗反；鼑，都領切，《切三》丁茗反；

耵，都領切，《切三》丁茗反；併，補郢切，《廣韻》蒲迥切。

c、以迥切靜

睲，息頂切，《廣韻》息井切

d、以錫切昔

鬩，吉役切，《唐韻》古闃反；

殈，呼役切，《廣韻》呼臭切；汐，辭歷切，《唐韻》詳亦反。

e、以昔切錫

勣，子亦切，《唐韻》則歷反；

f、以清切庚

平，俾并切，《切三》《王一》《王二》符兵反；珄，毗名切，《集韻》旁經切；荊，景貞切，《王二》舉卿反。

g、以庚切清

程，除京切，《王二》直貞反；呈，馳京切，《王二》直貞反；

珵，除荊切，《王二》直貞反；貞，知京切，《王二》陟盈反；

禎，知京切，《王二》陟盈反；楨，知京切，《王二》陟盈反；

隕，知京切，《王二》陟盈反；滇，徵京切，《王二》陟盈反；

泟，恥京切，《集韻》癡貞切；嫈，紆螢切，《王二》於營反。

邵榮芬整理《經典釋文》庚清兩韻系的混切情形，得到「清韻系用庚三系切的只限於知組字」，以及「庚三系用清韻系切的除了『秉，兵政反』以外，就只用一個『領』字」〔註115〕的結果。從今本《玉篇》來看，清韻系用庚三系切的，除了知組字之外，還有影組字，這或許是因爲《經典釋文》所收字以經典文字爲主，故有所局限，是以顯現的音韻現象難以周全，不過，大致上以知組字爲主是確定的。關於清韻系的「領」字切庚三韻系的情形，在今本《玉篇》則很一致地，都是改切《廣韻》青韻系的字，這有可能是因爲「領」字歷來慣作切語下字的關係，而透過「領」字切字的變化，我們也可看出《廣韻》清、青二韻系，尤其是上聲的關係，在今本《玉篇》中應該很密切，與代表長安音的玄應《一切經音義》，

〔註115〕邵氏所舉例證有：省，生領反、省，生領反、渻，生領反、憬，京領反，居領反、竟，居領反、景，京領反、炳，兵領反等等。

青清二韻系的表現較為接近。〔註116〕周祖謨（1980：398）認為《名義》中屬《切韻》庚韻系之三等字與《切韻》清韻系之字頗有牽涉，因此「姑且定庚韻三等與清韻字為一部。」大概這是南朝語音的現象，而今本《玉篇》切語的改變，則可能是受到北方語音的影響，孫光憲《北夢瑣言》卷九云：「廣明以前（880），《切韻》多用吳音，而清青之字不必分用。」孫氏說《切韻》「多用吳音」之說，雖不盡然卻也並非全無道理，周祖謨〈切韻與吳音〉（1993）一文辨之甚詳，僅就孫氏此說而論，個人推測乃是執北方方言的立場所作的批評。

　　現代方言中，梗攝字的元音大概有〔ə〕〔e〕〔i〕〔a〕幾個系統，董同龢（1993：176）云：

> 在吳語、客家、閩語、粵語與若干官話方言，有些字都是 ə（或 e，
> ei，i）與 a 兩讀。……由此可知，他們應當是從一個近於〔a〕類而
> 容易變 ə、e 或 i 的元音來的，所以現在假定庚韻字的元音是 ɐ，……

考量今本《玉篇》已有庚、蒸混用的例子，而蒸韻系的主要元音為〔ə〕，那麼，取〔ɐ〕音作為庚韻系的主要元音，應該是合適的。耕韻系主要元音，董同龢、周法高、陳新雄均擬作〔æ〕，取以說明今本《玉篇》庚耕的密切關係，亦無不妥。陳新雄又根據「呂靜既與迥同，則必與迥韻之音相近」及「清韻與支韻為對轉之韻」二點，將清韻系主要元音擬作〔ɛ〕，根據《廣韻》庚、清二韻，在今本《玉篇》中的密切關係看來，這樣子的音值也是適合的。《廣韻》青韻系與齊韻系對轉，今本《玉篇》大概也是如此，今本《玉篇》兮、圭二韻系主要元音作〔ɛ〕，則丁（青）韻系亦同，與盈、營二韻系的差別唯介音的不同。那麼，又該如何解釋今本《玉篇》唯見庚清混用，而不見庚青混用之例，我們認為當中恐怕是因為，四等字有個明顯的〔-i-〕介音，起了重要的辨音效果，較三等字更易與二等字區別。梗攝各韻類之音值可擬如下：

庚猛孟	開口洪音〔-ɐŋ〕		格	開口洪音〔-ɐk〕
京景命	開口細音〔-jɐŋ〕		戟	開口細音〔-jɐk〕
耕幸迸	開口洪音〔-æŋ〕		革	開口洪音〔-æk〕
盈靜政	開口細音〔-jɛŋ〕		亦	開口細音〔-jɛ〕

〔註116〕玄應《一切經音義》屬於梗攝的切語例子雖少，卻都表現清青二韻系混用的現象，王力據此將清、青二韻系合併（1991b：195、198）。

營　　　　合口細音〔-juaŋ〕

丁　定　　開口細音〔-ieŋ〕　　　的　　　　開口細音〔-iɛk〕

6、曾　攝

今本《玉篇》陵韻系相當於《廣韻》蒸韻系，登韻系相當於《廣韻》「登一」、肱韻系相當於「登二」，其中肱韻系僅平入二聲。《廣韻》蒸登二韻系，在今本《玉篇》中尚存少數混用之例，如以《廣韻》庚切蒸，參見梗攝之討論；以《廣韻》職切德：寔（塞）先側切（《唐韻》蘇則、蘇代二反）；以《廣韻》麥切職：㦰，火麥、於六二切（《廣韻》況逼切）；以《廣韻》德切黜：嬺，莫勒切（《王二》《唐韻》烏八反）。

唐代古體詩中多見職德合用之例，根據鮑明煒（1986）唐代詩文韻譜所載，就高達七十二次之多，其中「塞」字與職韻字合用者有幾例，如：國（德）䎎（職）色（職）直（職）塞（德）德（德）極（職）息（職）域（職）側（職）^{陳子昂　度峽口山增喬補闕知之王二無兢}、職（職）極（職）直（職）塞（德）^{張九齡　大唐金紫光祿大夫行侍中兼吏部尚書宏文館學生贈太師正平忠獻公裴公碑銘}、極（職）域（職）則（德）式（職）塞（德）^{李邕　嶽麓寺碑其一}。李邕、陳子昂、張九齡等人，生年與孫強相去未遠，兩相印證之下，或可說明當時某些人口中「塞」字的讀音，是與職韻接近的。

此外，唐古體詩中職德二韻，亦常與梗攝入聲字合用，可得十五例之多。至於與山攝入聲合用的，也見一例，如：植（職）栫（曷）色（職）棘（職）極（職）^{宋璟梅花賦}。總的來說，《廣韻》蒸曾二韻系在今本《玉篇》中，彼此已有明顯界限，與它攝字亦然，其入聲字偶爾表現混用的情形，乃是呈現當時實際語音現象的一部分。

王力根據《經典釋文》「一字兩讀」的資料，認為當中登韻則與咍韻形成對轉，本文亦見相當之例證如：倗，步崩（登）切、步乃（海）切，因此登韻系之主要元音可擬作〔ə〕。至於蒸韻系向來認為與之韻系對轉，但由於今本《玉篇》之脂二韻系合併，因此，這種對轉關係恐怕已遭破壞。不過，諸家擬音對蒸登二韻向來無異說，均擬其主要元音相同，唯有開口洪音及開口細音之不同，因此今本《玉篇》曾攝各韻之音值，作如是觀亦無不可。韻母音值可擬如下：

登等嶝　開口洪音〔-əŋ〕　　　得　　　　開口洪音〔-ək〕

肱　　　合口洪音〔-uəŋ〕　　　或　　　　合口洪音〔-uək〕

陵拯證　　開口細音〔-jəŋ〕　　　力　　　開口細音〔-jək〕

7、宕　攝

韻圖中唐陽二韻系皆分開合兩類，今本《玉篇》亦然，不過，《廣韻》唐韻系合口上去二聲已併入開口。此外，當中還存有少數混用的情形，茲列舉《廣韻》宕攝各韻之間，及與它攝字的混切例如下：

（1）陽唐二韻系混切

> 以陽切唐：滂，普方切，《唐韻》，普郎反；膀，步方切，《切三》《王一》《唐韻》步光反；髈，音旁（步方切），《廣韻》步光切。

> 以唐切蕩：磉，先囊切，《切三》《王二》蘇朗反；山芒，莫郎切，《廣韻》模朗切；螗，徒郎切，《廣韻》徒朗切。

> 以宕切蕩：泱，一郎、烏浪切，《王二》烏郎、烏黨反。

> 以藥切鐸：躩，乙縛切，《王二》《唐韻》烏郭反。

（2）與梗攝字混切

> 以藥切陌：皛，胡灼切，《王二》《唐韻》普伯反；撠，記卻切，《切三》《王二》《唐韻》几劇反；蠌，大各切，《廣韻》場伯切。

> 以鐸切麥：馘，古穫切，《王一》《王二》《唐韻》古獲反；顪，爭索切，《王一》《王二》《唐韻》側革反。

陽唐二韻系的混切，在唐詩用韻中極為普遍（鮑明煒，1986），相較之下，《廣韻》陽唐二韻系，在今本《玉篇》中保持的界線較為分明。宕梗二攝互通，敦煌詩歌中也存有幾個例子：長（陽）明（庚）聲（清）_{上陽人}[白居易]、聲（清）釘（青）停（青）瓨（唐）傾（清）伶（青）_{「零卷」}[王梵志]、著（藥）覓（錫）惜（昔）喫（錫）_{「卷中」}[王梵志]、上（漾）防（漾）養（養）杖（養）當（宕）正（勁）晃（蕩）長（漾）箱（陽）顡（宕）放（漾）_{「卷中」}[王梵志]，以上見敦煌詩；梁（陽）王（陽）城（清）_{攝練子}[不詳]，此見敦煌歌辭。也可見今本《玉篇》音系受西北方音影響的痕跡。

高本漢對唐、陽二韻系之主要元音，擬有讀〔ɑ〕及讀〔a〕的不同。陳新雄認為宕攝與果攝「幾乎是平行發展，果攝元音既然訂為相同，則陽唐自亦可比照訂為 ɑ 元音。」而董同龢、周法高兩先生陽唐鐸藥之主要元音亦皆為〔ɑ〕。

不過，今本《玉篇》宕梗二攝入聲已有混用，並且陽入切庚入，唐入切耕入，因此它們的主要元音應該還是有所區別的，依從高氏所擬似乎較爲妥當。而一方面由於《廣韻》梗攝耕韻與庚二，在今本《玉篇》中關係極爲密切，耕韻之主要元音恐怕已漸有後化的傾向，因而與唐韻系初步產生混用現象。宕攝各類韻母音值可擬如下：

郎朗浪	開口洪音〔-aŋ〕		各	開口洪音〔-ak〕
光廣	合口洪音〔-uaŋ〕		郭	合口洪音〔-uak〕
羊兩尙	開口細音〔-jaŋ〕		灼	開口細音〔-jɑk〕
放	合口細音〔-juaŋ〕		縛	合口細音〔-juɑk〕

8、江　攝

今本《玉篇》江韻系僅開口一類，與《切韻》韻系相當。偶有混用之例，皆止於通攝字，如平聲以《廣韻》江切多：獿，女江、乃刀切（《刊》奴多、乃刀切）；平聲以《廣韻》東切江：氃，女紅切（《廣韻》女江切）；入聲以《廣韻》覺切屋：䁲，古岳切（《廣韻》古祿切）。

唐詩用韻中亦見其例：覺（覺）族（屋）學（覺）嶽（覺）[李適之　大唐蘄州龍興寺故法現大禪師碑銘]、捉（覺）足（燭）曲（燭）錄（燭）束（燭）[王梵志「卷中」]、木（屋）角（屋）谷（屋）樂（覺）嶽（燭）覺（屋）[王梵志「卷上并序」]、觿（覺）燭（燭）哭（屋）[王梵志「卷中」]、用（用）重（用）送（送）重（用）用（用）棒（講）[王梵志「卷中」]、重（用）用（用）送（送）棒（講）[王梵志「卷中」]、塚（腫）瓮（腫）巷（絳）送（送）籠（董）[王梵志「卷中」]等。例子以王梵志詩爲主，其次爲李適之，李適之乃初盛唐時人，史載里籍歸「隴西狄道」，今甘肅臨洮，則這種江通攝通押之例，在唐詩用韻中，幾乎可說是集中在初盛唐西北方音之中。

《廣韻》江韻與肴韻對轉，今本《玉篇》二韻亦常形成一字兩讀，如鮑，蒲交（肴）、平剝（覺）二切；篁，陟孝（效）、貞角（覺）二切；獿，女江（江）、女交（肴）二切等，則江韻之主要元音，應該也可擬作〔ɔ〕。由於其主要元音帶圓唇性質，因此容易與通攝字混用。則今本《玉篇》江韻系之韻值可擬如下：

江項巷	開口洪音〔-ɔŋ〕		角	開口洪音〔-ɔk〕

9、通　攝

今本《玉篇》通攝各韻系中，除了《廣韻》冬韻去聲，在今本《玉篇》併入東韻一等去聲之外（參見音節表通攝 8-1），大致上與《廣韻》音系相當。此

外，本攝各韻系個別切語之間，也偶有混用之例，茲列舉《廣韻》本攝各韻，在今本《玉篇》中混切的例子如下。

（1）東韻系內部之混切

以屋切東：訇，丘六、丘弓二切（《廣韻》居戎、渠弓二切）；東韻開口細音切東韻開口洪音：懞，莫公切（《廣韻》莫中切）、瞢，莫洞切（《廣韻》莫鳳切）、穆，莫卜切（《王二》《唐韻》莫六反）、楅，扶木切（《廣韻》房六切）。

（2）東冬二韻系混切

以東切冬：䨡，乃東切（《王二》奴冬反）、膿，乃公切（《王二》奴冬反）；以冬切東：磫，祖琮切（《王二》子紅反）；以東切宋：綜，葅聲切（《廣韻》子宋切）；以屋切沃：督，都谷（《王一》《王二》《唐韻》多毒反）。

（3）東鍾二韻系混切

以東切腫：縱，子蒙切（《王二》子冢反）；以屋切燭：鞤，補目切（《切三》《王一》《王二》封曲反）；以燭切屋：鬞，先錄切（《廣韻》桑谷切）。

（4）東登二韻系混切

以屋切德：匐，扶福切（《廣韻》匹北切）、垘，扶目切（《廣韻》蒲北切）。

承上所述，可知今本《玉篇》東冬二韻關係，較東鍾二韻之關係為密。此與唐詩用韻中不管古體或近體，東、鍾二韻關係較為密切的情況（鮑明煒，1986：14），有所不同。敦煌詩歌中，除了初盛唐階段的歌辭作品有三個東、冬混用例之外，基本上也是以東、鍾二韻的關係較密。

而冬鍾二韻系之關係如何？今本《玉篇》屬《廣韻》鍾韻之傱、蚣、樅、縱、恭、供、龔、珙、眏等字，在《切二》《王二》都是歸入冬韻。《廣韻》於鍾韻「恭」字下注云：「陸以恭蚣縱等入冬韻，非也。」事實上，今本《玉篇》這些字的音切多與《名義》一致，也就是說它們是承自顧野王《玉篇》而來，既然早在《切韻》之前，這些字早已系統地讀入鍾韻，可見《廣韻》的批評是有所依憑的。而陸氏之誤，可能是受到當時東、冬、鍾三韻的混淆關係所致，因為所見《切二》「農膿儂」、「恭龔供珙」等字，雖列「冬」韻目下，但切語下字卻都取東韻字為之，分別作「奴東反」及「駒東反」，便可見一般了。基於上述原因，本文認為這些例子不能視為冬鍾混用之例。那麼，這種現象與《廣韻》規定的「冬鍾同用」，也就大異其趣了。

　　《廣韻》東登二韻系，在今本《玉篇》中的混切，代表著通、曾二攝的混通，通曾二攝的混切例，於唐詩用韻中有之，大多出自王梵志詩，如：從（東）能（登）—卷、能（登）通（東）—卷、粟（燭）直（職）—卷、福（屋）食（職）飾（職）域（職）法忍抄本。

　　現代方言中，東韻系字有讀〔-uŋ〕者，如北京、太原、南昌、梅縣等東讀〔tuŋ〕，有讀〔-oŋ〕者，如西安、漢口、成都、蘇州、溫州等東讀〔toŋ〕，有讀〔-ɔŋ〕者，如廈門東讀〔tɔŋ〕，有讀〔-aŋ〕者，如雙峰、潮州東讀〔taŋ〕。由於《廣韻》東登二韻，在今本《玉篇》中有混用的事實，登主要元音既作〔ə〕，那麼東韻系當取〔-ɔŋ〕音或〔-oŋ〕音，較爲合適，而江韻系既已作〔-ɔŋ〕，則東韻系只能取〔-oŋ〕音爲妥。又《廣韻》東與冬鍾二韻，在今本《玉篇》皆有混用之例，因此主要元音亦當接近，而冬鍾兩韻系，《韻鏡》在內轉第二合，〔註117〕則冬鍾之主要元音作〔u〕，應是最合適了。今本《玉篇》公（東一）、弓（東二）、冬（冬）、容（鍾）各韻系之韻母音值可擬如下：

公孔貢	開口洪音〔-oŋ〕	木	開口洪音〔-ok〕
弓　仲	開口細音〔-joŋ〕	六	開口細音〔-jok〕
冬	合口洪音〔-uŋ〕	篤	合口洪音〔-uk〕
容勇用	合口細音〔-juŋ〕	玉	合口細音〔-juk〕

〔註117〕孔仲溫（1989：72～73）引日釋文雄《磨光韻鏡》、大島正健改訂《韻鏡》、大矢透《隋唐音圖》皆以爲合口，《七音略》標「輕中輕」，所謂「輕」即《韻鏡》之「合」，證成「本轉作『合』，已昭然可曉。」

第五章　結　論

第一節　今本《玉篇》之音韻系統

　　由於今本《玉篇》在平、上、去、入四個聲調之間，極少發生混用的情形，據本文初步的統計，大概只得 100 多例，只佔全部 24,600 個切語的 0.5% 不到的比率，使得我們認爲這些應該只是偶然的混用，或者是前有所承導致的結果。再加上前人對於《篆隸萬象名義》的研究（周祖庠：2001：153）中，指出《名義》四個調類之間混用的情形，「從總的情況來看，混切率並不高」，當中最高的比率是去聲和平聲的單向混切，但也只達 2.8%，平去二聲總的混切率也只有 1.7%。個人再取今本《玉篇》的切語，與《名義》作一比較，也發現《名義》中表現調類混用的切語，在今本《玉篇》中則大多獲得改善，舉幾個例子來看：如《名義》爪，壯孝反（今本《玉篇》壯巧切、《廣韻》側絞切）；《名義》䔒，芳照反（今本《玉篇》芳昭切、《廣韻》撫昭切）；《名義》蹭，徂陵反（今本《玉篇》七亘切、《廣韻》千鄧切）；《名義》懶，力旦反（今本《玉篇》力旱切、《廣韻》落旱切）等等，例子頗不少。由這些情況看來，今本《玉篇》具備了平、上、去、入四個聲調，是非常明確的。

　　再綜合前面各章節之論述，我們得到今本《玉篇》的音韻系統爲：36 聲類、114 韻類。表列如下：

一、〈聲類表〉〔註1〕

發音部位	唇音	舌音 舌頭	舌音 舌上	牙音	齒音 齒頭	齒音 正齒近齒頭	齒音 正齒近舌上	喉音	舌齒音 半舌	舌齒音 半齒
聲類	方〔p〕 普〔p'〕 扶〔b'〕 莫〔m〕	丁〔t〕 他〔t'〕 徒〔d'〕 奴〔n〕	竹〔ȶ〕 丑〔ȶ'〕 直〔ȡ'〕 女〔ȵ〕	古〔k〕 口〔k'〕 巨〔g'〕 五〔ŋ〕	子〔ts〕 七〔ts'〕 才〔dz'〕 思〔s〕 似〔z〕	側〔tʃ〕 楚〔tʃ'〕 仕〔dʒ'〕 所〔ʃ〕	之〔tɕ〕 尺〔tɕ'〕 式〔ɕ〕 時〔ʑ〕	於〔ʔ〕 呼〔x〕 胡〔ɣ〕 于〔j〕 余〔ø〕	力〔l〕	如〔nʑ〕

此三十六聲類，與《廣韻》四十一聲類的不同在於，今本《玉篇》輕唇音尚未分化，並且《廣韻》神禪二母，在今本《玉篇》中已合併爲時母。

二、〈韻類表〉〔註2〕

		開口 洪音	開口 細音	合口 洪音	合口 細音
陰聲韻類	果	何可賀〔-ɑ〕	迦〔-jɑ〕	戈果臥〔-uɑ〕	
	假	加下嫁〔-a〕	邪者夜〔-ja〕	瓜瓦〔-ua〕	
	遇	居呂據〔-jo〕		胡古故〔-u〕	俱禹句〔-ju〕
	蟹	來改代〔-əi〕 蓋〔-ɐi〕 皆駭拜〔-ai〕 佳買賣〔-æi〕	世〔-jæi〕 兮禮計〔-iɛi〕	回罪對〔-uəi〕 代〔-uɐi〕 乖怪〔-uai〕	祭〔-juæi〕 廢〔-juɐi〕 圭桂〔-iuɛi〕
	止		支爾寘〔-jɛ〕 之里利〔-je〕 衣豈〔-jei〕		嫣委恚〔-juɛ〕 追水季〔-jue〕 非鬼貴〔-juei〕
	效	刀老到〔-ɑu〕 交巧孝〔-ɔu〕	遙小照〔-jɛu〕 幺了弔〔-iəu〕		
	流	侯口候〔-ou〕	由九救〔-jou〕		

〔註1〕本〈聲類表〉所列聲類名稱與《廣韻》聲類之對照情形，可參見本文第二章、第三章。

〔註2〕本〈韻類表〉所列韻類名稱與《廣韻》韻類之對照情形，可參見本文第二章、第四章。

陽聲韻類及入聲韻類	咸陽	含感紺〔-ɒm〕 甘敢濫〔-am〕 　減陷〔-ɐm〕 咸檻鑑〔-am〕	廉檢豔〔-jæm〕 兼簟念〔-iɛm〕		嚴鋄劍〔-juɐm〕
	咸入	合　　〔-ɒp〕 盍　　〔-ap〕 洽　　〔-ɐp〕 甲　　〔-ap〕	涉　〔-jæp〕 頰　〔-iɛp〕		劫　　〔-juɐp〕
	深陽		林甚禁〔-jəm〕		
	深入		立　〔-jəp〕		
	山陽	安但旦〔-ɐn〕 閒板諫〔-an〕	言　建〔-jɐn〕 連善戰〔-jæn〕 田典見〔-iɛn〕	丸管亂〔-uɐn〕 刪　患〔-uan〕	袁遠萬〔-juɐn〕 緣兗眷〔-juæn〕 玄犬絹〔-iuɛn〕
	山入	達　　〔-ɐt〕 黠　　〔-at〕	謁　　〔-jɐt〕 列　　〔-jæt〕 結　　〔-iɛt〕	活　　〔-uɐt〕 八　　〔-uat〕	月　　〔-juɐt〕 劣　　〔-juæt〕 穴　　〔-iuɛt〕
	臻陽	恩很恨〔-ən〕	眞忍刃〔-jen〕	昆本困〔-uən〕	倫尹閏〔-juen〕 云粉問〔-juən〕
	臻入		質　　〔-jet〕	骨　　〔-uət〕	術　　〔-juet〕 勿　　〔-juət〕
	梗陽	庚猛孟〔-ɐŋ〕 耕幸迸〔-æŋ〕	京景命〔-jɐŋ〕 盈靜政〔-jɛŋ〕	丁　定〔-iɛŋ〕	營　　〔-juɛŋ〕
	梗入	格　　〔-ɐk〕 革　　〔-æk〕	戟　　〔-jɐk〕 亦　　〔-jɛk〕	的　　〔-iɛk〕	
	曾陽	登等鄧〔-əŋ〕	陵拯證〔-jəŋ〕	肱　　〔-uəŋ〕	
	曾入	得　　〔-ək〕	或　　〔-jək〕	或　　〔-uək〕	
	宕陽	郎朗浪〔-aŋ〕	羊兩尙〔-jaŋ〕	光廣　〔-uaŋ〕	放〔-juaŋ〕
	宕入	各　　〔-ak〕	灼　　〔-jak〕	郭　　〔-uak〕	縛　　〔-juak〕
	江陽	江項巷〔-ɔŋ〕			
	江入	角　　〔-ɔk〕			
	通陽	公孔貢〔-oŋ〕	弓　仲〔-joŋ〕	冬　〔-uoŋ〕	容勇用〔-juŋ〕
	通入	木　　〔-ok〕	六　　〔-jok〕	篤　〔-uk〕	玉　　〔-juk〕

以上平上去入四聲合計共 228 個韻目，事實上是因為本文將《切韻》《廣

韻》中，各韻系有二類、三類、四類之分的，分別賦以不同的韻目所致，若是按照《切韻》《廣韻》僅以相同韻目涵括當中各韻類，則僅得 177 韻，則比《切韻》的 193 韻及《廣韻》的 206 韻爲少。此乃是因爲當中某些韻類已經併合了，如：1、某韻之開合口兩類韻併爲一類，如《廣韻》佳韻的開合口等，在今本《玉篇》已併爲一類；2、開合口對立韻併爲一類，如《廣韻》嚴凡二韻，在今本《玉篇》中已併爲一類；3、重韻的合併，如《廣韻》刪和山、庚二和耕、咸和銜、皆和夬等，在今本《玉篇》中併爲一類；4、二等韻及三等韻的合併，如《廣韻》臻韻與眞殷二韻，在今本《玉篇》中併爲一類；5、三等韻彼此的合併，如《廣韻》之脂二韻，在今本《玉篇》已併爲一類，種種複雜現象可參見本章第二節〈今本《玉篇》音系與《廣韻》音系比較表〉，而這些也正是今本《玉篇》音系用韻特色之所在。其中陰聲韻類 34 個、入聲韻類 39 個、陽聲韻類 41 個，共 114 個韻類。此外，如李榮等人所主張《切韻》韻系中有重紐 A、B 兩類的對立，在今本《玉篇》中則不存在這種對立性，我們在系聯韻類的過程中，經常發現此 A、B 兩類併爲一類，或者當中的某類併入他韻中的情形。

第二節　今本《玉篇》之語料性質

一、屬唐代語料，是今日可見最早、收字最多的一部字書全帙

有關今本《玉篇》音系性質的討論，首先必要對其時代歸屬的問題，做進一步的釐清。本文「緒論」部分曾費了些篇幅，著力從元明刊本卷首所載附雕印頒行之牒文，及「題記」的再解讀，希望驗證朱彝尊〈重刊《玉篇》序〉中，認爲今所見澤存堂本《大廣益會玉篇》乃所謂「宋槧上元本」的說法。初步得到一個結論：今本《玉篇》是一本經過宋人「刊定」、「討論」過的孫強本《玉篇》，這種重修並不涉及內容的增減或改變，僅止於文字形體的刊正。在形成此種說法的過程中，受限於資料本身的性質，使得舉證的工作備感艱辛，所得例證亦顯得零星，不過，再換個角度想，這不正是我們所主張宋人重修重點，在於刊正文字形體的力證嗎？如果我們從中還提得出大量受到唐人俗寫文字影響的證據，那麼，這個說法反而是行不通的。當然，這個說法還需要更多不同的思考角度，來加以證明。

在全面整理了今本《玉篇》的音韻現象後，發現其與《廣韻》音系有很大

成分的不同，反倒與唐代的語音材料較為接近，這一點將更增益了本文上述主張的可信度。以下用表格方式列出今本《玉篇》，與《廣韻》音系不同的特徵，並進一步列舉與之相符的語音材料。

〈今本《玉篇》音系與《廣韻》音系比較表〉

		今本《玉篇》	《廣韻》	唐代語料
聲類		神禪不分	神禪為二	《名義》神禪不分（周祖謨，1980：315～316）；陸德明《經典釋文》（王力，1991：112～113）；釋慧琳《一切經音義》（黃淬伯，1998：16）；守溫三十字母及唐代借入越南語的漢音把船禪邦讀成〔t〕的音，神禪二母也都沒有分別（李新魁，1986：161）
陰聲韻類	果攝	合口戈韻脣音字有歸入開口歌韻的傾向	脣音字歸戈韻合口	陸德明《經典釋文》（王力，1991b：148～149）
	蟹攝	佳韻僅存開口一類	佳韻分開合二類	
	止攝	之脂二韻合併	之脂二韻獨立	《名義》之脂合併（周祖謨，1980：335）；唐古體詩中「脂與之之間無條件通押，看不出有任何界限」（鮑明煒，1986：45）；玄應《一切經音義》「脂、之韻相混較多，今因系聯合為一類」（周法高，1968：248）
		《切韻》脂韻系合口重紐 B 類字，均相應地歸入微韻合口的平上去三聲；支韻合口去聲部分字併入微韻合口去聲；微韻開口去聲轉入之（脂）韻開口去聲	微獨用	《封氏聞見記》卷四「甄使」條云：「天寶中，玄宗以『甄』字聲似『鬼』，改『甄使』為『獻納使』。」據此可知「當時脂、微兩韻的合口字音同。」（周祖謨，1993b：312）；唐古體詩「支脂之微四部同用，但支與脂之間，支與微之間都有界限」（鮑明煒，1986：45）
	流攝	尤幽二韻合併	尤幽二韻獨立	唐詩用韻不管古體或近體，多有尤幽二韻混押之例（鮑明煒，1986：362～363、372～373）

陽聲韻類・入聲韻類	咸攝	嚴凡二韻合併	嚴凡二韻獨立	《名義》嚴凡合一（周祖謨，1980：347、周祖庠，2001：91）；《經典釋文》鹽添嚴凡混用（1991b：157～159）
	山攝	合口桓韻系唇音字，有歸入開口寒韻系的傾向	唇音字歸合口桓韻	陸德明《經典釋文》（王力，1991b：96）
		山刪二韻合併	山刪二韻獨立	唐詩文用韻，山刪多同用之例（鮑明煒，1986：198～200）；邵榮芬（1997：317）亦云：「在唐代山、刪不分是極常見的事。不僅《千字文》對音和《開蒙要訓》的注音如此，玄應和慧琳的《一切經音義》以及《五經文字》的反切都是如此。」
		元韻開口上聲，併入仙韻開口上聲	元魂痕同用	陸德明《經典釋文》「先仙元混用」（王力，1991b：142～144）
	臻攝	眞臻欣三韻合併	眞臻諄同用、欣文同用	《名義》眞臻殷三韻合併（周祖謨，1980：355）；王力（1991d：193）云：「欣應歸眞，段玉裁從杜甫詩中看出。現在在玄應反切中也可以得到證明。」
	梗攝	庚韻系開合口一類	庚韻系分開合二類	唐古體詩的用韻表現中，屬《切韻》三等合口的「兄兵榮」等字，便經常與《切韻》三等開口的「京迎英明」等字合用（鮑明煒，1986）
		耕韻系開合口一類	耕韻系分開合二類	
		清青二韻上聲關係密切	青韻獨用	玄應《一切經音義》「清青混用」（王力，1991b：195，198）
特殊混用例		秦怪二韻混	秦韻獨用	中唐初期詩人在古體詩及樂府詩的用韻(耿志堅，1989b：449～450
		祭廢二韻混用	廢韻獨用	陸德明《經典釋文》（王力，1991b：131）唐古體詩用韻（鮑明煒，1986b：139）
		佳齊二韻混用	齊韻獨用	陸德明《經典釋文》（王力，1991b：132）
	止蟹二攝混用	灰微二韻混用	微韻獨用	初唐王梵志詩已有若干通押之例（張鴻魁，1990：531），而敦煌變文中二攝互押之例更多（周大璞，1979a1979b1979c），再如敦煌俗文學中的別字異文也有止攝開口，和齊韻開口不分之事實（邵榮芬，1997：310～311）

流遇二攝混用	姥厚二韻混用	姥霰同用	中唐詩人用韻中，「母」字經常與遇攝字通押（耿志堅，1990b）；初唐王梵志詩中亦多處以「母」字與遇攝字合用（謝佩慈，1999：王梵志詩韻譜）
	銜凡二韻混用	咸銜同用 嚴凡同用	盛唐樂府詩、近體詩（耿志堅，1989a：148）；中唐近體詩（耿志堅，1989b：462、1989c：327）；玄應《一切經音義》銜凡混用（王力，199d：197）
	豔陷混用	豔桥釅同用 陷鑑梵同用	盛唐古體詩「鹽嚴咸合韻」（耿志堅，1989a：148）；中唐古體詩「鹽銜咸合韻」、「琰儼忝賺合韻」、「豔桥梵陷合韻」（耿志堅，1989c：327）
深咸二攝混用	緝葉混用	緝獨用	
	物術混用	物獨用	唐代古體詩用韻中，存有不少諄、文二韻系混押的例子（鮑明煒，1986：168～179）
庚曾二攝混用	庚蒸混用	庚清青同用 蒸登同用	敦煌詩中晚唐張永、張文徹之作，以及敦煌字書《字寶》當中的梗蒸混用之例，其中的梗攝皆庚三字，曾攝皆蒸韻字（劉燕文，1989：247）
宕梗二攝混用	唐庚混用、藥陌混用、鐸麥混用	陽唐同用 庚耕清同用 藥鐸同用 陌麥昔同用	敦煌詩歌存有其例，作者有白居易、王梵志等（謝佩慈，1999：附錄）
江通二攝混用	江冬混用、江東混用、屋覺混用	東獨用 冬鍾同用 屋獨用 覺獨用	王梵志、李適之等初盛唐詩人作品（謝佩慈，1999：附錄）
通曾二韻系混用	東登混用	東獨用 蒸登同用	王梵志詩（謝佩慈，1999：附錄）

從上表很明顯可以看出，今本《玉篇》的音韻內容，與《廣韻》音系的出入頗大。如果今本《玉篇》眞如楊守敬、高本漢等人所說的，陳彭年等曾據《廣

韻》修改過，〔註3〕竟然還有這麼大的差別，這一點是很難說得通的。反倒是我們看到了今本《玉篇》的音韻內容，大都能夠尋得與之對應的唐代語料。再配合前文對題記等問題，重新思考的結果，這使得我們更有信心認為，今本《玉篇》的音切及內容，根本上應該就是保留了其據以重修《玉篇》的底本——孫強本《玉篇》的原貌，也就是說今本《玉篇》是一份屬於唐代的語料。我們對今本《玉篇》的音韻內容，做這樣系統性的研究，正可以釐清向來人們對於其本質的誤解。

今之所存字書，除了許慎《說文解字》之外，向來認為最早的字書，就是顧野王《玉篇》，它在許氏的基礎上，增收《蒼》、《雅》字書之文字及群書之義訓，可說是中古一代之巨製。可惜的是，今日吾人已無由見其全帙，僅存其零卷。所幸唐孫強據野王原本增字減注的全本《玉篇》，經宋人對於當中字體加以刊定後，尚且流傳至今，所以我們說它是一份屬於唐代的完整性語料，是今日可見最早、收字最多的一部字書全帙。由於當中收字豐富，也就相對地提供給後人，在文字形音義方面的各種研究上更形寶貴的材料。

二、在南朝雅音及唐代雅音的基礎上，雜揉西北方音成份的新語料

陳燕在〈《玉篇》的音韻地位〉文末小結云：

> 總之，「原本」和「宋本」雖然代表兩種雅音，但同多而異少。造成「異」的原因之一由於基礎語音的變化。而「同」則表現出繼承性，表明中古音時期的兩種雅音是一脈相承的。究其原因，是記有反切的字書、韻書起了重要的示範作用，它們記載了代代相傳的文人雅士們的傳統讀書音，傳統讀書音中往往有古音的遺留。

歷來許多學者認為，原本《玉篇》代表的是六朝的吳音，如周祖謨等。不過，從原本《玉篇》是一部官修書性質的字書，並且根據顧野王自述的撰書目的在於「總會眾篇、校讎群籍，以成一家之製」，看來原本《玉篇》的音切內容，應當不會是野王按吳音自製切語的結果，因此我們傾向於認為「顧野王《玉篇》是包含古音和方音的。有的古音已經成為傳統讀書音流傳下來，

〔註3〕持這一類觀點的人還不少，如陳燕（2000：153）云：「《廣韻》和《宋本玉篇》（按：即今本《玉篇》）同由宋代陳彭年等人奉敕重修，所以兩書在語音上不會相悖。」這無非或多或少地受到前人說法的影響。

而南朝雅音正是以建康方音爲基礎語音的。……『原本』的反切代表南朝雅音。」（陳燕，2000：153）這種雅音與時推移，並且隨著政治重心轉移至北方，勢必要產生變化的，《切韻》可說是這種情況之下的產物，「其所代表音系是隋唐時期的雅音。」（陳燕，2000：153）

隋王朝建立時，南朝陳尚未滅亡，陸德明正處於兩朝交替時期，所撰《經典釋文》其編書「條例」中云：「若典籍常用，會理合時，便即遵循，標之於首。」由於該書大概完成於隋滅陳之前，因此我們有理由認爲，其所謂「會理合時」者，乃指符合南朝雅音的反切。但是他一方面也兼收了不少與南朝雅音讀法不同的音切，隨著北方勢力的日漸強大，一種屬於北方的雅音也逐漸形成，北方語音對南朝語音的影響應該也不小，所以他往往藉著又音的形式表現出來，如疵，「似斯反」又「在斯反」、樵，「似遙反」又「在遙反」、漸，「似廉反」又「捷檢反」、瘁，「似醉反」又「徂醉反」等等，這些都是邪母與從母構成又讀的例子，屬於陸氏所說「其音堪互用，義可並行」一類，其中讀從母的切語皆與《切韻》一致，可說是對於南北雅音做了一次初步的綜合記錄。

今本《玉篇》在原本《玉篇》的基礎上，有繼承也有變化，是可以確信的，在我們全面整理今本《玉篇》切語的過程中，都一再地印證這一點。而本文緒論中我們也透過今本《玉篇》的收字情況，顯見其重實用的精神。隨著時代的不同，社會內涵的變化，作爲人們溝通的工具──文字，不管是在形體的變化或字數的增減、文字意義的豐富，及語音上的遞變，對於一本重實用的字書來說，都是必須觀照俱全的。就語音的層面來說，今本《玉篇》能夠一方面尊重原本《玉篇》的音切，以及《切韻》系韻書之音切，一方面又能按照語音實際的變化，做適度的調整，可說是與陸德明《經典釋文》所謂「會理合時」（《序錄．條例》）的宗旨相似。

我們整理今本《玉篇》的音系，還發現當中存有一些特殊混用的情形，如止蟹二攝混用、流遇二攝混用、梗曾二攝混用、宕梗二攝混用、江通二攝混用、通曾二攝混用等等，這些不同攝之間的混用現象，在敦煌詩歌中均能找到其例。可見今本《玉篇》的音系是雜揉了西北方音的成份，而我們透過歷史背景的角度來觀察，也能夠有所體會。

據考證（向達，2001：42），第七世紀以後的長安，幾乎爲一國際都市，各

種人民、各種宗教，均可並存於長安城內。開元、天寶之際，天下升平，而玄宗以**聲色犬馬為羈縻諸王之策**，重以蕃將大盛，異族入居長安者多，於是長安胡化盛極一時，舉凡飲食、宮室、樂舞、繪畫、波羅毬、服飾、宗教等，均受到西域風尚之影響。到底產生多大的影響呢？白居易在〈時世妝〉一詩中，描寫中唐時期長安的婦女，以「胡妝」為時髦，進而其它繁盛的都市，也都起而爭相仿效，甚至風行到較遠的地域，成為當時唐代婦女普遍流行的「時世妝」，揭露時人胡化程度之大，這種現象引發了詩人的擔憂，因而在詩的結尾，引用典故說明如果丟掉了「華風」，而照搬外來民族的打扮樣式，將導致淪於外族的嚴重後果。僅從妝扮這一點，可見胡風流行之速，以及範圍之廣，連偏遠地區均可披及，那麼，其他各方面的文化影響，也是可想而知的。

今本《玉篇》中有些字詞的注釋，便很明顯地標舉了「胡」的字眼，如艸部芳，注云：「蘺芳，香菜，亦云胡荽屬。」荵字下注云：「藤荵，胡麻也。」毛部氍，注云：「氍毪，胡衣也。」衣部袄，注云：「祇袄，胡衣也。」袈字下注云：「袈裟，胡衣也。」隨著胡人文物的傳入中國，許多胡人使用的詞彙也跟著傳入，並且成為當時口語中通行的詞，流風所及，孫強當初重編《玉篇》，也就很自然地收入了。此外，敦煌字書中有一本《俗務要名林》，是一部分類記載日常應用的各種不同語詞的書，書中的注音，周祖謨（1993d：432）云：

> 基本上屬於《切韻》系統，但反切用字略有不同，如「白」音彭革反，……等都是。其中有些反切也表現出一些當時的語音情況。如「梨」，音力之反，「梨」《切韻》為脂韻字，此則歸之韻；「櫻桃」的「櫻」音烏耕反，「櫻」《切韻》為清韻字，此則歸耕韻。〔註4〕如此之類，值得注意。

今本《玉篇》「梨」「櫻」二字，音切的表現與《俗務要名林》完全一致，也顯示了在文化交流當中，語言曾經進行了某種程度的滲透，因此，我們在今本《玉篇》的音系中，也看到了某些西北方音的成份，而這本出自敦煌的唐本字書，語音現象也呈現了與《切韻》一致之處。

〔註4〕《俗務要名林》「櫻」字之音切，其實仍同於《切韻》音系，《切三》、《王二》耕韻下均收有「櫻」字，烏莖反，釋作「含桃」或「櫻桃」，周氏所說有誤。

第三節　本文之研究價值

我所撰寫這一篇博士論文，當中主要有兩個目的，一個是理清《大廣益會玉篇》的時代性，一個便是試著描寫當中呈顯的音韻輪廓，處理的方式一則以音證史，一則以史證音，以這兩條理路進行交錯的研究。釐清一份語料的時代性，是相當有意義的，唯有如此，任何依憑此材料所得的研究成果，才不致於產生矛盾。本文的研究結果，大概可提供以下幾點參考：

一、確立《大廣益會玉篇》的時代性，利於說明歷代文字觀念遞變的軌跡

以俗字為例。今本《玉篇》承原本之遺緒，當中所收字除了以《說文》內容為基礎，更大量地收錄了異體字，這些異體字包含了更多後世衍生出來的文字，因此，在篆、籀等古體之外，也有俗字等新成分，其「對研究文字的孳乳發展甚具參考價值，尤其它能反映當世異體俗字的情況，更是其價值所在。」（吳秋琳，2000：16）孔仲溫（2000）曾系統地整理了原本《玉篇》，以及唐宋字書及韻書中的俗字，並取與今本《玉篇》之俗字進行比較，目的在於釐清一代一代之間俗字觀念的遞變之跡，可說是《大廣益會玉篇》相關之整體性研究的重要開拓者。據孔仲溫分類比較後的結果，大概可得以下幾種情況：A、《玉篇》與某皆注明為俗字，而相同或極近似者。B、《玉篇》與某均注明為俗字而所俗不同者。C、《玉篇》為俗字而某為正字者。D、某為俗字而《玉篇》為正字者。E、某為俗字而《玉篇》為異體字者。F、某為俗字而《玉篇》無者。G、《玉篇》為俗字而某為通字者。針對上述幾點，將《原本玉篇》、《干祿字書》、《廣韻》、《類篇》等與《玉篇》之間俗字的變化，列表示之如下：

	A	B	C	D	E	F	G	俗字總計〔註5〕
原本《玉篇》	2		3	1	1		5	4
干祿字書	29	6	2	18	13	270	約33	332

〔註5〕 表中「俗字總計」一欄中的統計數字，並不等於各欄位數字之加總，因為某些欄位中有重疊之字，如《廣韻》一列中「B欄」及「F欄」便有重覆字，如「疆」字，《廣韻》俗作壃，《玉篇》俗作壃，而《玉篇》壃字則又為疆字之異體。此外，「C欄」及「G欄」表《玉篇》作俗，某不作俗之數，亦不計入。各字書、韻書之俗字總數，依孔仲溫書中之「俗字表」。

| 廣韻 | 114 | 9 | 3 | 61 | 22 | 163 | | 361 |
| 類篇 | 19 | 1 | | 7 | 7 | 18 | | 51 |

　　表中除原本《玉篇》之外，宋代字書《類篇》所收俗字是很少的，不過，卻不能因此認為《類篇》「忽視字書刊正俗字之功能」，因為《類篇》當中曾以各種書例，表達其視俗字為訛字的態度（孔仲溫，1987），從其對俗字予以「否定」之傾向，「似乎有意去規範官方的正字，並使之具權威性」，可知其正俗之辨的概念是極鮮明的。只不過，當中以「所列之本字與異體字，均為書寫模倣之字樣，依此為準則模範可也，不必再一一於注中指出每字之俗形訛畫，以添增瑣屑，而流於煩亂之弊」（孔仲溫，1987），此說明何以當中所收俗字量少之因。可見從《廣韻》至《類篇》，其字書辨俗的功能應該是逐日俱增的。只不過，如孔仲溫（2000：158）所云：

> 《廣韻》有 163 個俗字，《玉篇》不再載列；《廣韻》有 61 個俗字，
> 《玉篇》列為正字；《廣韻》有 22 個俗字，《玉篇》例為異體字。這
> 些現象都顯示《玉篇》有意降低俗字的數量，換句話說，……《玉
> 篇》把字書辨俗的功能逐漸降低了，

如果說今本《玉篇》的內容，曾經宋人加以變更，那麼其代表的時代性可說是界於《廣韻》（1008）和《類篇》（1066）之間，短短五十多年的時間，官方對於字書辨俗的功能卻是呈現了這樣跳躍式的發展，如果說《玉篇》中有意降低字書的辨俗功能，為什麼到了《類篇》又是更為強調其辨俗的功能，這是有些奇怪的。個人倒是認為，如果將今本《玉篇》的時代作一番修正，則當中表現出來的理路便是很一致了，如此一來，便不致於破壞宋代官修書中俗字觀念的一致性。誠如本文一再強調的，今本《玉篇》是宋人加以刊正字體後的孫強本《玉篇》，其所收俗字之範圍所以較唐宋之字書、韻書來得窄，一方面由於是孫強以私人身份的撰述，所以當中的正字觀念可能比官修書淡薄；再者可能是孫強所處時代，訛俗字遍行，後人視之為俗的，在當時並不以為俗。顧氏原書所收俗字甚少，可能也正是後面這一點原因所致（孔仲溫，2000：119）。孔先生以天命所繫，不及進一步探索當中原由，其於病中，猶諄諄勉我努力探索《大廣益會玉篇》之背景問題，其宏觀遠見，令人感佩。

二、其音韻現象，可與前人有關唐代語料之研究相互參證。

歷來研究唐代音韻，取材來源大體不脫詩文用韻及音義書的反切。詩文用韻的研究自不待言，音義書如陸德明《經典釋文》、玄應《一切經音義》、慧琳《一切經音義》等，當中的切語反映了不少音韻現象，王力、周法高及黃淬伯等先生均有所研究。此外，以注釋《說文》為主的著作中，也有後人以反切形式為之標音，如朱翱以時音為徐鍇《說文繫傳》注明反切，同樣成為後人研究唐代語音的重要材料。從中得到的眾多研究成果，為我們帶來了不可忽視的參考價值。但是，上述這些語料有時候受到本身性質的侷限，所貢獻的材料有限，因而呈現出來的也是一種非全面性的音韻現象。

如詩文用韻，儘管唐代提供後代以相當豐沛的韻文材料，但是我們知道文學作品的創作，不免受到作家風格的影響，書寫何種題材、用那些字入韻，並且什麼樣的韻適合表現什麼樣的內容和情感，在這種集體創作中，儼然也形成了某些規律和習慣。在這種情況下，某些韻的韻字可能就因此少被利用，韻例也相對的少，甚至從未出現，憑藉極少數的幾個韻例，想要說明其間的音韻關係，並不是很容易的。如鮑明煒（1986）整理唐代詩文用韻中，「廢」韻字只出現一次，且與霽祭二韻混用，那麼，便要說「廢」韻與霽祭二韻關係密切嗎？大部分音韻學家面對這種情況時，只能以其例少略而不談，但這對於我們從中理解「廢」韻的表現，就無所貢獻了。再如因著詩人的用字習慣，詩文中某些字入韻的比率便相當的高，如筆者據鮑明煒的唐代詩文韻譜，統計質術二韻的混用例共得 78 例，其中以「出」字單獨押入質韻的達 30 例，以「術」字單獨押入質韻的達 17 例，而以「出」「術」二字同時押入質韻的，則有 9 例，以二字押入質韻的總計 56 例。以這種情況看來，我們似乎只可說「出」「術」二字與質韻的關係肯定密切，但是質術二韻的關係，是否如其呈現出 78 個混用例那般密切，是可以再思考的。此外，由於韻文所重在韻，所以也很難提供聲母方面的研究。

而如《經典釋文》及《一切經音義》等，由於主要是合為讀經、釋經所用，收字上亦多所偏頗，因此表現出來的音韻現象也是不夠全面的。今本《玉篇》由於收字大大地增加，並且是隨著社會內涵的豐富，而充實新字，其收字是全面性的，其音切自然也呈現了全面性的音韻內容，取與上述各種材料之研究結果參證，當能取得更為可信的成果。

參考引用資料

傳統文獻

1. 〔漢〕桓譚著、〔清〕孫馮翼輯注,《新論》(聚珍仿宋本),台北:中華書局(1966年影印)。

2. 〔東漢〕許慎,《說文解字》,台北:黎明文化事業股份有限公司(1989年影印)。

3. 〔梁〕顧野王,《原本玉篇殘卷》,北京:中華書局(1985年影印)。

4. 〔唐〕陸德明,《經典釋文》,台北:學海出版社(1988年影印)。

5. 〔唐〕顏元孫,《干祿字書》,(百部叢書集成夷門廣牘本),台北:藝文印書館(1966年影印)。

6. 〔唐〕空海,《篆隸萬象名義》,北京:中華書局(1995年影印)。

7. 〔後晉〕劉昫,《舊唐書》,據清乾隆武英殿刊本影印,台北:藝文印書館(1982年影印)。

8. 〔後周〕郭忠恕,《佩觿》,百部叢書集成選鐵華館叢書覆宋本,台北:藝文印書館,1966。

9. 〔宋〕孫光憲,《北夢瑣言》(百部叢書集成初編36輯),台北:藝文印書館(1968年影印)。

10. 〔宋〕陳彭年等,《大廣益會玉篇》(澤存堂覆宋本),北京:中華書局(1987年影印)。

11. 〔宋〕陳彭年等,《大廣益會玉篇》(建安鄭氏本),台北:國字整理小組(民國)。

12. 〔宋〕陳彭年等,《大廣益會玉篇》,日本宮內廳書陵部藏北宋槧本(微卷)。

13. 〔宋〕陳彭年等《大廣益會玉篇》,日本京都大學人文科學研究所藏清康熙棟亭音韻五種本(微卷)。

14. 〔宋〕陳彭年等，《宋本廣韻》（張氏澤存堂本），台北：黎明文化事業股份有限公司（1990 年影印）。

15. 〔宋〕丁度等，《集韻》（上海圖書館藏述古堂影宋鈔本），台北：學海出版社（1986 年影印）。

16. 〔宋〕歐陽修、宋祈等，《新唐書》，據清乾隆武英殿刊本影印，台北：藝文印書館（1982 年影印）。

17. 〔宋〕司馬光等，《類篇》（姚刊三韻本），北京：中華書局（1984 年影印）。

18. 〔宋〕王讜，《唐語林》，百部叢書集成 52 輯，台北：藝文印書館。

19. 〔宋〕樓鑰，《攻瑰集》（四庫叢刊本），台北：商務印書館（1979 年影印）。

20. 〔宋〕王應麟，《玉海》（文淵閣四庫全書本），台北：台灣商務印書館（1983 年影印）。

21. 〔遼〕行均，《龍龕手鑑》（上海涵芬樓影印江安傅氏雙鑑樓藏宋刊本），台北：台灣商務印書館（1981 年影印）。

22. 〔元〕脫脫等，《宋史》（清乾隆武英殿刊本），台北：藝文印書館（1982 年影印）。

23. 〔清〕錢曾，《述古堂藏書目》，台北：成文出版社（1978 影印）。

24. 〔清〕顧祖禹，《讀史方輿紀要》，台北：中興出版社（1981 年影印）。

25. 〔清〕王昶，《金石萃編》，台北：台聯國風出版社，1964。

26. 〔清〕錢大昕，《十駕齋養心錄》，台灣中華書局（1982 年影印）。

27. 〔清〕瞿鏞，《鐵琴銅劍樓藏宋元本書目》，台北：成文出版社（1978 年影印）。

28. 〔清〕森立之，《經籍訪古志》（《書目叢編》第 18 種），據日本昭和十年影印稿本，台北：廣文書局（1981 年影印）。

29. 〔清〕莫友芝，《宋元舊本書經眼錄》，台北：廣文出版社（1988 年影印）。

30. 〔清〕莫友芝，《邵亭知見傳本書目》（嚴靈峰編輯《書目類編》74～75），台北：成文出版社（1978 年影印）。

31. 〔清〕丁丙，《善本書室藏書志》，台北：廣文（1988 年影印）。

32. 〔清〕陸心源，《儀顧堂題跋》，台北：廣文書局（1968 年影印）。

33. 〔清〕楊守敬，《日本訪書志》，台北：廣文書局書目總編（1981 年影印）。

34. 〔民國〕中國古籍善本書目編輯委員會，《中國古籍善本書目·經部》，上海：上海古籍出版社，1966。

近人論著

1. 丁邦新，1998，〈論上古音中帶 l 的複聲母〉，載趙秉璇、竺家寧編，《古漢語複聲母論文集》，頁 70～89，北京：語言文化大學出版社。

2. 小川環樹，1983，《唐代詩人傳記》，日本東京：大修館書店。

3. 川瀨一馬，1942，《石井積翠軒文庫善本書目》，東京：積翠軒文庫。

4. 中國歷史大辭典·歷史地理卷編纂委員會，1996，《中國歷史大辭典》（歷史·地

理卷），上海：上海辭書出版社。

5. 孔仲溫，1987，《類篇研究》，台北：學生書局。

6. 孔仲溫，1989，《韻鏡研究》，台北：學生書局。

7. 孔仲溫，1994，〈廣韻祭泰夬廢四韻來源試探〉，載，《聲韻論叢》第 1 輯，頁 249 ～268。

8. 孔仲溫，2000，《玉篇俗字研究》，台北：學生書局。

9. 方孝岳、羅偉豪，1986，《廣韻研究》，廣東：中山大學出版社。

10. 方詩銘，1980，《中國歷史紀年表》，上海：辭書出版社。

11. 木宮泰彥著，陳捷譯，1985，《中日佛教交通史》，台北：華宇出版社。

12. 王力，1985，《漢語語音史》，北京：中國社會出版社。

13. 王力，1991a，〈南北朝詩人用韻考〉，《王力文集》卷 18，頁 3～73。

14. 王力，1991b，〈《經典釋文》反切考〉，《王力文集》卷 18，頁 93～185。

15. 王力，1991c，〈朱翱反切考〉，載《王力文集》卷 18，頁 199～245。

16. 王力，1991d，〈玄應，《一切經音義》反切考〉，《王力文集》卷 18，頁 186～198。

17. 不詳，1959，《北京圖書館善本書目》，北京：中華書局。

18. 石鋒等，1994，《語音叢稿》，北京：北京語言學院出版社。

19. 北京大學中國語言文學系語言學教研室編，1989，《漢語方音字匯》（第二版），北京：文字改革出版社。

20. 史念海，1998，《唐代歷史地理研究》，北京：中國社會科學出版社。

21. 四川大學圖書館，1993，《中國野史集成》，成都：巴蜀書社。

22. 吉常宏、王佩增編，1992，《中國古代語言學家評傳》，山東教育出版社。

23. 朱星，1995，《中國語言學史》，台北：洪葉文化事業有限公司。

24. 朱星，1996，《朱星古漢語論文集》，台北：洪葉文化事業有限公司。

25. 朱聲琦，1991，〈從，《玉篇》看照系三等聲母的產生〉，《山西師大學報》（社科版）18 卷 4 期，頁 91～93。

26. 朱聲琦，1993，〈《玉篇》在漢語語音史上的地位〉，《辭書研究》5 期，頁 125～136。

27. 朱鳳玉，1997，《敦煌寫本碎金研究》，台北：文津出版社。

28. 江南圖書館編，1970，《江南圖書館善本書目》，據民國初年江南圖書館編印本影印，台北：廣文書局。

29. 何大安，1981，《南北朝韻部演變研究》，台灣大學中國文學研究所博士論文。

30. 何大安 1989，《聲韻學中的觀念與方法》，台北：大安出版社。

31. 何九盈，1985，《中國古代語言學史》，河南：人民出版社。

32. 何九盈，1988，《古漢語音韻學述要》，浙江：古籍出版社。

33. 吳秋琳，2000，〈《玉篇》異體字研究〉，香港中文大學中國語文及文學系，《專題

研究》論文。

34. 李榮，1965，〈從現代方言論古群母一二四等〉，《中國語文》5 期，頁 337～342。

35. 李榮，1973，《切韻音系》，台北：鼎文書局。

36. 李榮，1982，《音韻存稿》，北京：商務印書館。

37. 李方桂，1971，〈上古音研究〉，《清華學報》新九卷一、二期合刊，p1～61。

38. 李如龍、辛世彪，1999，〈晉南、關中的「全濁送氣」與唐宋西北方音〉，《中國語文》第 3 期，頁 197～203。

39. 李旭民、李偉國，1984，〈原本，《玉篇》的發現和傳抄的時代〉，《辭書研究》6 期，頁 129～135。

40. 李行杰，1994，〈知莊章流變考論〉，《青島師專學報》2 期，頁 19～27。

41. 李添富，1996，《晚唐律體詩用韻通轉之研究》，台北：文史哲出版社。

42. 李新魁，1986，《漢語音韻學》，北京：北京出版社。

43. 李新魁，1991，《中古音》，北京：商務印書館。

44. 李新魁，1993，《李新魁自選集》，河南：教育出版社。

45. 李新魁、麥耘，1993，《韻學古籍述要》，陝西：人民出版社。

46. 沈兼士，1984，《廣韻聲系》，台北：大化書局。

47. 村上專精著，楊曾文譯，1988，《日本佛教史綱》，台北：華宇出版社。

48. 周大璞，1979a，〈《敦煌變文》用韻考〉，《武漢大學學報》（哲社版）3 期，頁 55～58。

49. 周大璞，1979b，〈《敦煌變文》用韻考（續一）〉，《武漢大學學報》（哲社版）4 期，頁 27～35。

50. 周大璞，1979c，〈《敦煌變文》用韻考（續完）〉，《武漢大學學報》（哲社版）5 期，頁 36～41。

51. 周谷城，1992，《中國學術名著提要》（語言文字卷），上海：復旦大學出版社。

52. 周法高，1968，〈玄應反切考〉，載，《玄應反切字表》，頁 195～280。

53. 周祖庠，1995，《原本玉篇零卷音韻》，貴州：貴州出版社。

54. 周祖庠，1998，〈從原本《玉篇》音看吳音、雅音〉，《四川三峽學院學報》3 期。

55. 周祖庠，1998，〈從原本《玉篇》音看《切韻》音〉，《四川三峽學院學報》4 期。

56. 周祖庠，2001，《篆隸萬象名義研究》，銀川：寧夏人民出版社。

57. 周祖謨，1980，〈《萬象名義》中之原本《玉篇》音系〉，《問學集》頁 271～404，台北：河洛圖書出版社。

58. 周祖謨，1993a，〈齊梁陳隋時期詩文韻部研究〉，《周祖謨學術論著自選集》頁 224～250，北京：北京師範學院出版社。

59. 周祖謨，1993b，〈唐五代的北方語音〉，《周祖謨學術論著自選集》頁 311～327，北京：北京師範學院出版社。

60. 周祖謨，1993c，〈切韻與吳音〉，《周祖謨學術論著自選集》頁 290～299，北京：

北京師範學院出版社。

61. 周祖謨，1993d，〈敦煌唐本字書敘錄〉，《周祖謨學術論著自選集》頁 421～440，北京：北京師範學院出版社。

62. 周祖謨，1993e，〈宋修廣韻書後〉，《周祖謨學術論著自選集》頁 575～578，北京：北京師範學院出版社。

63. 岡井愼吾，1933，《玉篇研究》，日本東京：東洋文庫。

64. 林尹著、林炯陽注釋，1987，《聲韻學通論》，台北：黎明文化事業股份有限公司。

65. 林慶勳、竺家寧、孔仲溫，1995，《文字學》，台北：國立空中大學。

66. 竺家寧，1993，《聲韻學》，台北：五南出版社。

67. 河南大學古代漢語研究室編，1989，《古漢語研究》（第 2 輯），開封：河南大學出版社。

68. 邵榮芬，1982，《切韻研究》，北京：中國社會科學院。

69. 邵榮芬，1997，《邵榮芬音韻學論集》，北京：首都師範大學出版社。

70. 姜亮夫，1985，《歷代人物年里碑傳綜表》，台北：文史哲出版社。

71. 封思毅，1989，〈宋代圖書政策〉，《國立中央圖書館館刊》新 22 卷第 1 期，頁 1～30。

72. 施向東，1983，〈玄奘譯著中的梵漢對音和唐初中原方言〉，《語言研究》1 期。

73. 洪氏出版社編輯委員會，1974，《古書版本學》，台北：洪氏出版社。

74. 胡戟，1997，《唐研究縱橫談》，北京：中國社會科學出版社。

75. 胡吉宣，1982，〈唐寫原本《玉篇》之研究〉，《文獻》11 期，頁 179～186。

76. 胡吉宣，1989，《玉篇校釋》，上海：上海古籍出版社。

77. 胡旭民、李偉國，1984，〈原本《玉篇》的發現和傳抄的時代〉，《辭書研究》6 期，頁 129～135。

77. 胡樸安，1979，《中國文字學史》，台北：台灣商務印書館。

79. 秦公、劉大新，1995，《廣碑別字》，北京：國際文化出版公司。

80. 唐作藩，1991，〈唐宋間止、蟹二攝的分合〉，《語言研究》1 期，頁 63～67。

81. 耿志堅，1987，〈初唐詩人用韻考〉，《語言教育研究集刊》第 6 期，頁 21～58。

82. 耿志堅，1989a，〈盛唐詩人用韻考〉，《教育學院學報》第 14 期，頁 127～160。

83. 耿志堅，1989b，〈唐代大曆前後詩人用韻考〉，《復興崗學報》第 41 期，頁 437～476。

84. 耿志堅，1989c，〈唐代貞元前後詩人用韻考〉，《復興崗學報》第 42 期，頁 293～339。

85. 耿志堅，1990a，〈唐代元和前後詩人用韻考〉，《彰化師範大學學報》第 15 期，頁 89～156。

86. 耿志堅，1990b，《中唐詩人用韻考》，台北：東府出版社。

87. 翁文宏，1970，《梁顧野王玉篇聲類考》，台灣師範大學國文研究所碩士論文。，

88. 高本漢著、趙元任、李方桂合譯，1948，《中國音韻學研究》，台灣商務印書館。

89. 高本漢撰、張洪年譯，1990，《中國聲韻學大綱》，台北：國立編譯館。

90. 張仁青，1978，《魏晉南北朝文學思想史》，台北：文史哲出版社。

91. 張金泉、許建平著，1996，《敦煌音義匯考》，杭州大學出版社。

92. 張振鐸，1996，《古籍刻工名錄》，上海：上海書店出版社。

93. 張涌泉，1995，《漢語俗字研究》，湖南：岳麓書社。

94. 張涌泉，1996，《敦煌俗字研究》，上海：教育出版社。

95. 張涌泉，2000，《漢語俗字叢考》，北京：中華書局。

96. 曹述敬主編，1991，《音韻學辭典》，長沙：湖南出版社。

97. 陳炳超，1987，〈唐寫本《玉篇》窺蠡〉，復旦大學中國文學語言研究所編，《語言研究集刊》第 1 輯，頁 161～173。

98. 陳飛龍，1974，《龍龕手鑑研究》，台北：文史哲出版社。

99. 陳新雄，1986，《等韻述要》，台北：藝文印書館。

100. 陳新雄，1990，〈《廣韻》四十一聲紐聲值的擬側〉，《鍥不舍齋論學集》頁 249～272，台北：學生書局。

101. 陳新雄，1991，《音略證補》，台北：文史哲出版社。

102. 陳新雄，1994，〈《廣韻》二百零六韻擬音之我見〉，《語言研究》第 2 期，頁 94～111。

103. 陳新雄，1994，《文字聲韻論叢》，台北：東大圖書公司。

104. 陳燕，2000，〈《玉篇》的音韻地位〉，中國音韻學研究會十一屆年會、漢語音韻學國際會議，頁 151～154。

105. 陳燕、劉潔，1999，〈《玉篇零卷》年代釋疑〉，《天津師大學報》3 期，頁 67～70。

106. 陸志韋，1985，《古音說略》，北京：中華書局。

107. 路復興，1986，《龍龕手鑑文字研究》，私立中國文化大學中國文學研究所碩士論文。

108. 曾榮汾，1982，《干祿字書研究》，私立中國文化大學中國文學研究所博士論文。

109. 馮蒸，1992a，〈魏晉時期的「類隔」反切研究〉，載程湘清主編，《魏晉南北朝漢語研究》，山東：山東教育出版社，頁 300～332。

110. 馮蒸 1992b，〈《爾雅音圖》音注所反映的宋初四項韻母音變〉，載程湘清主編《宋元明漢語研究》，頁 510～578。

111. 馮蒸 1997，《漢語音韻學論文集》，北京：首都師範大學出版社。

112. 黃侃箋識、黃焯編次，1985，《廣韻校錄》，上海：上海古籍出版社。

113. 黃永武，1987，《敦煌的唐詩》，台北：洪範書店。

114. 黃永武、施淑婷，1989，《敦煌的唐詩續編》，台北：文史哲出版社。

115. 黃孝德，1983，〈《玉篇》的成就及其版本系統〉，《辭書研究》2 期，頁 145～152。

116. 黃典誠，1986，〈曹憲博雅音研究〉，載《音韻學研究》第 2 輯，頁 63～82。

117. 黃典誠，1993，《漢語語音史》，合肥：安徽教育出版社。

118. 黃典誠，1994，《切韻綜合研究》，福建：廈門大學出版社。

119. 黃笑山，1994，〈試論唐五代全濁聲母的「清化」〉，《古漢語研究》3 期，頁 38～40。

120. 黃淬伯，1998，《唐代關中方言音系》，上海：江蘇古籍出版社。

121. 黃錫全，1990，《汗簡注釋》，湖北：武漢大學出版社。

122. 楊紹和，1967，《楹書隅錄・續錄》，台北：廣文書局。

123. 董同龢，1991，《上古音韻表稿》，中央研究院歷史語言研究所單刊甲種之二十一。

124. 董同龢，1993，《漢語音韻學》，台北：文史哲出版社。

125. 路廣正，1985，〈談顧野王原本《玉篇》〉，《研究生論文選集・語言文字分冊》，頁 183～194，江蘇古籍出版社。

126. 鄒邑，1988，〈原本《玉篇》的編纂成就與宋本的比較研究〉，《辭書研究》6 期，頁 59～67。

127. 葉鍵得，1988，《十韻彙編研究》，台北：學生書局。

128. 潘宗周、張元濟撰，1939，《寶儀堂本書錄》（潘氏寶儀堂原版），江蘇：廣陸古籍刻印社（1984 年影印）。

129. 潘承弼、顧廷龍同撰，不詳，《明代版本圖錄初編》，齊魯大學國學研究所專著彙編 4，台北：藝文印書館。

130. 劉復等，1984，《十韻彙編》，台北：學生書局。

131. 劉尚慈，1987，〈閱讀敦煌寫卷的工具書──《龍龕手鏡》〉，《辭書研究》3 期，頁 102～109。

132. 劉廣和，1984，〈唐代八世紀長安音聲紐〉，《語文研究》3 期。

133. 歐陽國泰，1986，〈原本《玉篇》殘卷聲類考〉，《語言研究》2 期，頁 47～52。

134. 歐陽國泰，1987，〈原本《玉篇》的重紐〉，《語言研究》2 期，頁 88～94。

135. 潘重規，1995，〈敦煌寫卷俗寫文字之研究〉，載《全國敦煌學研討會論文集》，國立中正大學中國文學系所主編。

136. 蔣復璁，1991，〈說版本〉，《漢學研究》9 卷 2 期，頁 1～12。

137. 鄭林嘯，2000，〈《篆隸萬象名義》唇音、舌音及半齒音研究〉，中國音韻學研究會十一屆年會、漢語音韻學國際會議，頁 166～169。

138. 鄭師許，1935，〈《玉篇》研究〉，《學術世界》1 卷 4 期，頁 5～16。

139. 閻玉山，1989，〈原本《玉篇》反映南朝時期的語音特點〉，《東北師大學報》4 期。

140. 鮑明煒，1986a，〈初唐詩文的韻系〉，《音韻學研究》第 2 輯，北京：中華書局，頁 88～120。

141. 鮑明煒，1986b，《唐代詩文韻部研究》，上海：江蘇古籍出版社。

142. 龍宇純，1968，《唐寫全本王仁昀刊謬補缺切韻校箋》，香港中文大學。

143. 濮之珍，1990，《中國語言學史》，台北：書林出版社。

144. 濮之珍，1992，《中國歷代語言學家評傳》，上海：復旦大學出版社。

145. 謝佩慈，1999，《敦煌詩歌用韻研究》，中山大學中國文學系碩士論文。

146. 顏洽茂，1988，〈利用六朝佛典編寫漢語語文辭書〉，《辭書研究》5 期，頁 89～97。

147. 羅常培，1937，〈《經典釋文》和原本《玉篇》反切中的匣于兩紐〉，史語所集刊八本一分。

148. 藝文印書館，1986，《等韻五種》，台北：藝文印書館。

149. 釋東初，1985，《中日佛教交通史》，台北：東初出版社。

附　錄

圖一：圖書寮本《玉篇》書影

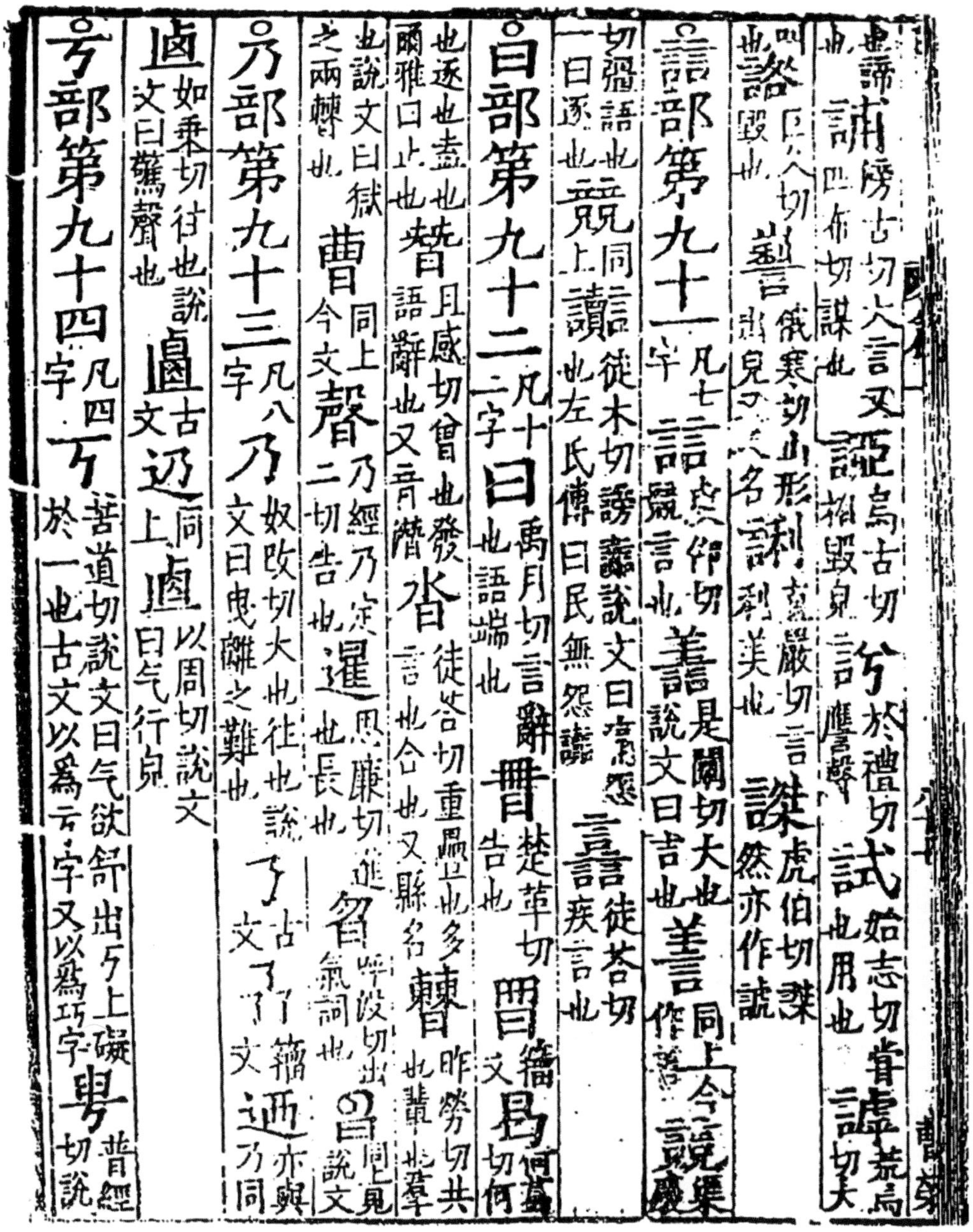

圖二：澤存堂本《玉篇》書影

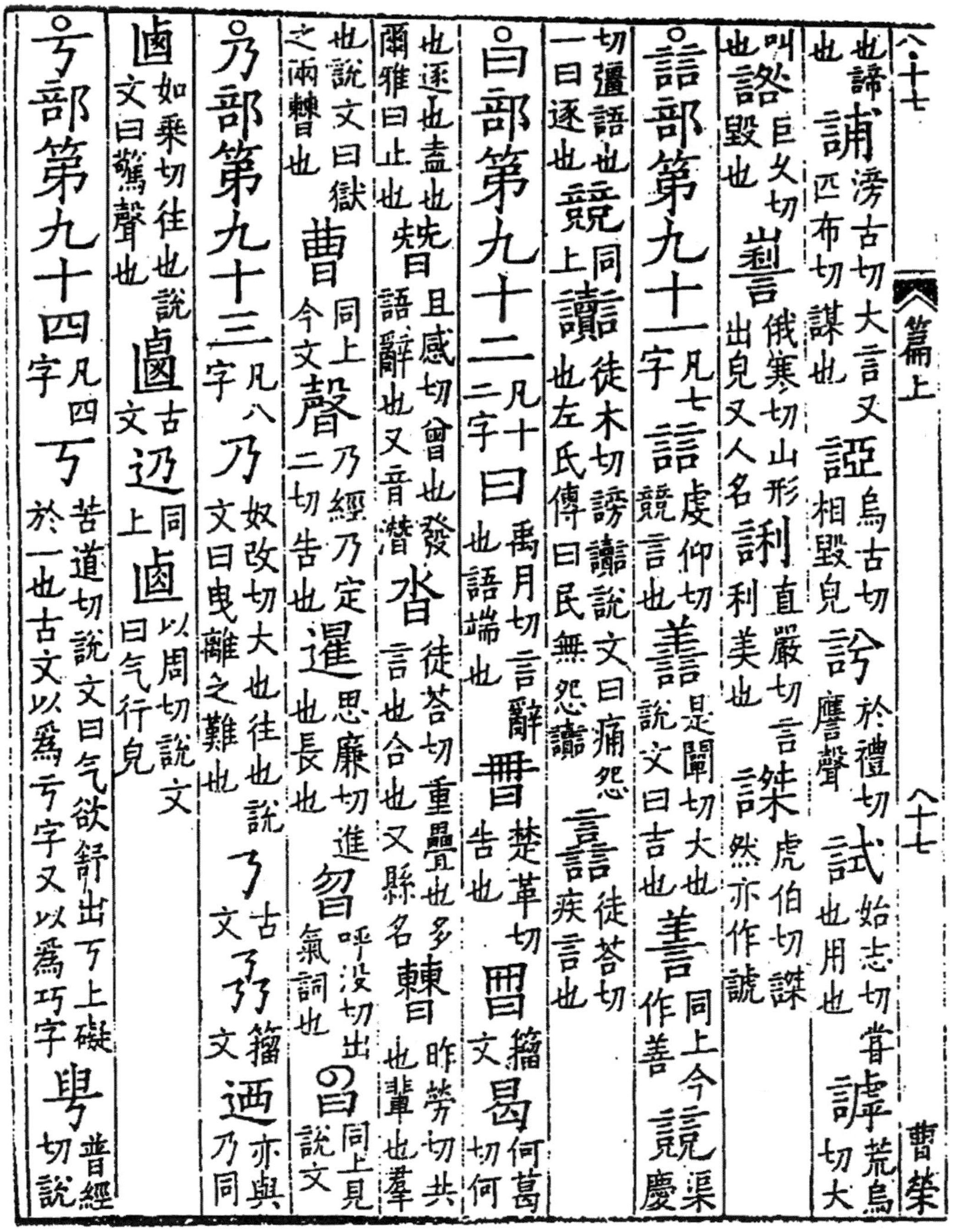

圖三：元刊本《玉篇》書影

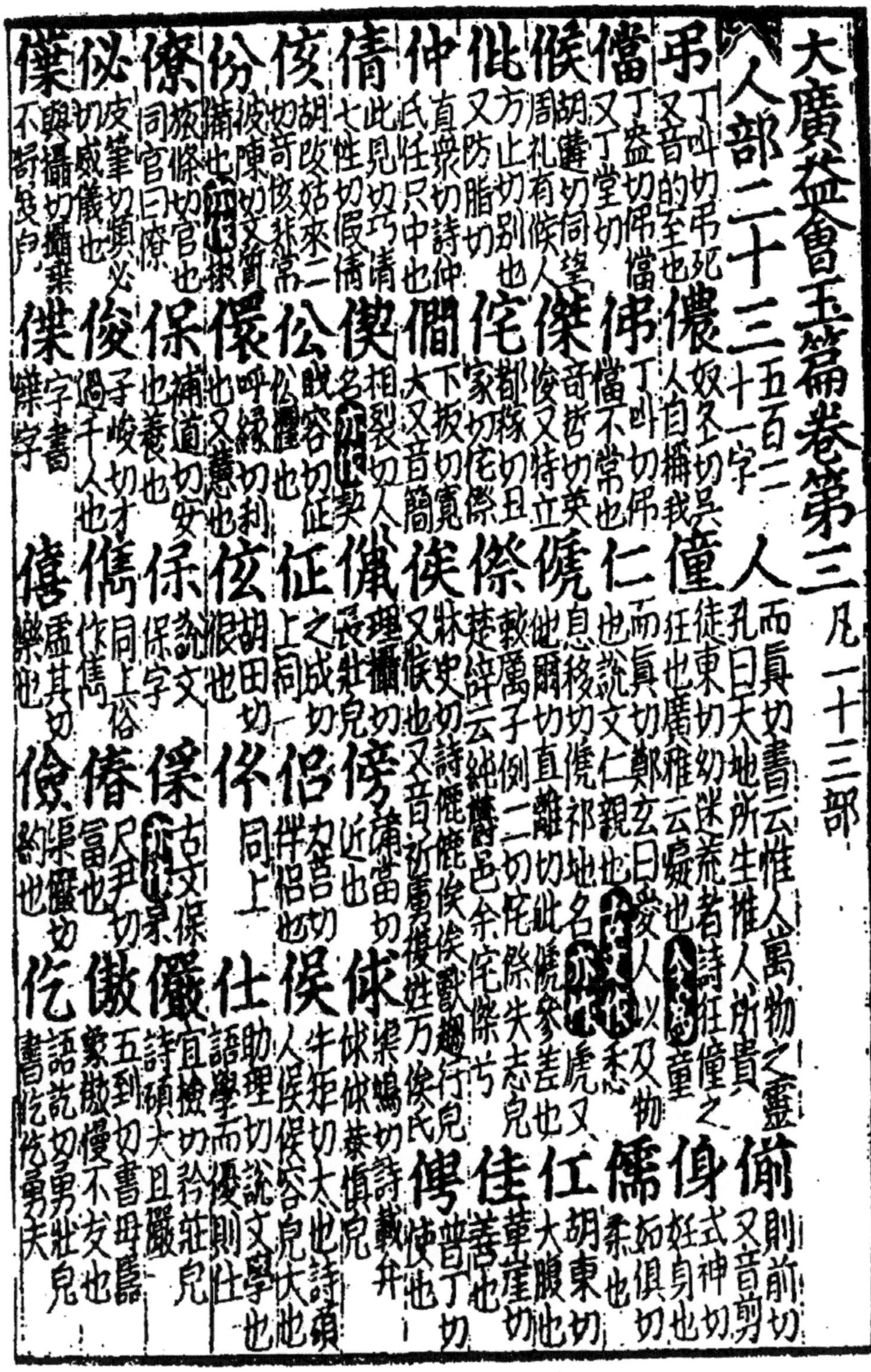
大廣益會玉篇卷第三　凡一十三部

人部二十三　五百二十一字

人　而真切書云惟人萬物之靈孔曰天地所生惟人所貴　偂　則前切又音剪

弔　丁叫切弔死又音的至也　儂　奴冬切吳人自稱我　僮　徒東切幼迷荒者詩狂僮之狂也廣雅云癡也古文童　㑗　式神切妊身也

儅　丁盎切佛儅又丁堂切　仢　丁叫切佛儅不常也　仁　而真切鄭玄曰愛人以及物也說文仁親也古文忎　儒　如俱切柔也

候　胡遘切伺望周禮有候人　傑　奇哲切英俊又特立　傂　息移切傂祁地名亦作虒又徙爾切直離切佌傂參差也　仜　胡東切大腹也

仳　方止切別也又防脂切　侘　都稼切丑家切侘傺　傺　敕厲子例二切侘傺失志皃楚辭云忳鬱邑余侘傺兮　佳　華崖切善也

仲　直眾切詩仲氏任只中也　僴　下扳切寬大又音簡　俟　牀史切詩伾伾俟俟戲趨行皃又俟也又音祈萬俟複姓万俟氏　俜　普丁切俠也

倩　此見切巧請七性切假倩　偰　相裂切人名[illegible]契　[illegible]　理攝切長壯皃　傍　蒲當切近也　俅　渠鳩切詩載弁俅俅恭慎皃

侅　胡改姑來二切奇侅非常　伀　職容切征伀懼也　佂　之成切上同　侶　力莒切伴侶也　俁　牛矩切大也詩碩人俁俁容皃大也

份　彼陳切文質備也古文彬　儇　呼緣切利也又慧也　伭　胡田切很也　[illegible]　同上　仕　助理切說文學也語學而優則仕

僚　旅條切官也同官曰僚　保　補道切安也養也　[illegible]　說文保字　[illegible]　古文保[illegible]　儼　宜檢切矜莊皃詩碩大且儼

佖　皮筆切頻必切威儀也　俊　子峻切才過千人也　儁　同上俗作儁　偆　尺尹切富也　傲　五到切書毋囂傲慢不友也

僷　與攝切僷葉不安皃　[illegible]　字書[illegible]字　僖　虛其切樂也　儉　渠儼切約也　仡　語訖切勇壯皃書曰仡仡勇夫